実話怪談

寒気草

神沼

竹書房文庫

※本書に登場する人物名は、様々な事情を考慮してすべて仮名にしてあります。また、作中に登場する体験者の記憶と体験当時の世相を鑑み、極力当時の様相を再現するよう心がけています。現代においては若干耳慣れない言葉・表記が登場する場合がありますが、これらは差別・侮蔑を意図する考えに基づくものではありません。

まえがき

「怪異が原因となって、人が死んだ話を教えてくれないか。死んでなければ失踪でもいい。何なら人生が狂った話でもいい」

　何という嫌な話の訊き方でしょう。他人様の怪異体験を取材するのに、こんな水の向け方はよろしくありません。もちろん訊かれたほうの心象も良くありませんし、何よりこんな言い方をする人に、何も話をしたくないでしょう。

　それをどう訊き出すか。それをどう話していただけるように持っていくか。最近は、そればかり考えている気がします。

　神沼三平太です。初めまして。または御無沙汰しております。今年もまた選りすぐりの怪異譚をお届けします。冒頭で語ったように、「怪異が原因で人が不幸になる話はないか」と訊ね続け、東奔西走した結果が本書〈実話怪談　寒気草《さむけぐさ》〉です。

　全二十三話。今回もたちの悪い話を収めておきました。寒気がしたときにはもう手遅れかもしれません。自己責任でお願いします。それではまた巻末でお会いしましょう。

著者

目次

220		199	189	183	179	170	161	135	131	122	118	113	103	88
あとがき		漁具小屋	ぴょんぴょん	銀板写真	御影石	涸れ井戸	中古住宅	コインロッカー	俺は悪くない	ヤクザビル	押し入れ	能面の家	立ち退き	タソカレ

妹

網代さんは六十代の女性である。

「もうその路地に住んでいるのはうちだけで、先日母も亡くなって、今は私一人です。あとは皆空き家でがらんとしています」

彼女が住むアパートの面する路地に、妹の幽霊が出るとのことだった。

「雨になると妹は全裸でうろつくのです。申し訳ないことに、誰が見ても得しないような醜い裸を晒しているのです」

そしてきっぱりとした口調で言い放った。

「それでですね。まことにお恥ずかしい話なのですが、妹の裸を見た人は、一週間と経たずに亡くなってしまうのです」

彼女は先日まで三十年近くの間、古いアパートの一室に母親とともに住んでいた。母親が亡くなったのを機に、今は長年住んだその物件からは引っ越そうと考えているという。

妹が出るという路地は、袋小路の私道で舗装もされておらず、申し訳程度に砂利が敷かれている。水はけも悪く、雨が降るとあちらこちらに水たまりができる。

大家さんはその私道に面した二棟のアパートと、平屋の賃貸住宅を二軒運用しているのだが、最近はどこにも新しい人を入れることをやめてしまっている。ここ数年は、本人自身が姿を見せていない。

袋小路のどん詰まりは、道を囲うように三方が大家さん所有の梅畑で、畑の向こうは川が流れている。その梅畑も今や荒れ放題だ。

理由は分からない。

十年ほど前には、大家さんが亡くなったら、相続する息子さんがマンションを建てるだとか、土地を丸ごと売るかするのではないかという噂もあった。そうなったら住人全員が退去するのが早いか、大家さんが亡くなるのが早いかだね、などと母親と冗談を言い合ったこともある。

しかし、景気のせいか親族の誰かが反対したのか、もうそんな話も聞こえてこない。

今はその二棟のアパートと二軒の賃貸住宅を全部合わせても、網代さん一人しか暮らしていない。廃墟の真ん中に取り残されたように、ぽつんと一人。

住人が減ったのは、単に大家さんが新しい入居者を入れないからだけではない。

網代さんの言によれば、妹の姿を見た人が次々と死んでしまったからだ。

妹さんは二十年ほど前に乳癌で亡くなっている。当時まだ四十代後半だった。小さな会社の事務員をして、気が付いたら婚期を逃していて、調子が悪くなったと思ったら癌で、すぐに手遅れになって、あっという間に死んでしまった。

その妹の幽霊が、雨の日に出る。

おばさんパーマに中年太りでだらしなく身体の線が崩れたシルエット。服を着ておらず墨でも塗ったかのように真っ黒な肌。

母親と網代さんには、それが亡くなった妹だとすぐに分かった。雨の日になるとよく見かけた。初めの頃は母親も、みっともないからせめて服を着てくれればいいのにと、見かけるたびに嘆いた。しかしそもそも死んでいる者に何を思っても仕方がないと、すぐに諦めたようだった。

網代さんとしても同じようなものだ。

だがしばらくすると、袋小路に面したアパートの住人が次々と亡くなり始めた。

皆、「妹さんを見たのだけど」と、親切にも網代さんに伝えた人ばかりだった。

——言いにくいことなのだけど。

妹さんが、傘も差さずに立っていましたよ。御病気か何かでしたら、もう少し御配慮いただけますとありがたいのですが。

そう困った顔をした年かさの主婦も、若い奥さんも、独り身の工員も、皆死んでしまった。

遺されたその人達の家族は皆、引っ越して袋小路から出ていった。

誰一人として、責任を取れと文句を言ってきたことはない。

死人のすることに責任は取りようがないということか。


そして二十年。

母親が引っ越したがらないのと、妹の幽霊のことが気懸かりで、網代さんは路地を離れることができずにいた。だが、今はもう独りきりだ。

もういいだろう。もういいじゃないか。私にだって私の人生がある。もう色々と手遅れなのは、分かっているけれど——。


最後に網代さんは呟いた。

「妹は一体何になってしまったのでしょう。あと私はどうしてあの子の姿を見ても死なないでいられるんでしょう」

本当に早く終わってくれればいいのに。本当に早く消え去ってくれればいいのに。

老人ホーム

広樹さんはかつて介護職員として大手の老人ホームに勤めていた。

その施設は完全個室をうたっており、入居者は全員自分の部屋を持っている。

配属されたときに、施設等の説明を受けた後で施設長から直々に〈お願い〉をされた。

「この施設には、時折奇妙なものが出るんですけども——もし夜の巡回のときなどにそれと出くわしたら、できればその顔を覚えておいてほしいんです。ただ、無理はしないようにしてください。無理だなと思ったら確認はしなくても良いです」

施設長は何のことを話しているのだろう。何かの暗喩だろうか。

どうやらその奇妙なものには顔があるらしい。

その顔を覚えておいてほしいが、無理はしなくていい。

伝えられた内容は理解できる。問題はその正体が何だかさっぱり分からないことだ。無理をすると危険だというのもよく分からない。

「これに関しては、くれぐれも内密でお願いします。入居者にも漏らさないようにしてください。あと勤務中にそれと会った場合は、私か生活相談員の方に連絡をしてください」

それはどのようなものなのかという質問を投げかけてみたが、お茶を濁すだけだった。

「不思議に感じるとは思いますが、実際に見てみれば分かります」

ただ補足として、その奇妙なものの顔は、老人ホームに入居している老人の顔をしていることがあるという言葉が付け加えられた。ヒントにしても意味が分からなかった。

それは何者なのだろうか。人とは明言されなかった。たとえ人だったとしても誰かの顔をしているなんてことがあるのだろうか。そうなってくると、お化けか幽霊、はたまた妖怪のようなものということか。

馬鹿馬鹿しい話にも思えた。しかし、わざわざ説明のタイミングをずらして、個別に補足するということは、公の記録には残したくない事情があるのだろう。


しばらく経って仕事にも慣れた頃に、小諸さんという先輩にその件を訊ねてみた。

「二年くらい前に僕が見たのは黒いクリスマスツリーみたいな形で、お面がそこにぶら下がっていたなぁ。でもその話はしないほうがいいかな。それが出ると、お面の顔になってる人が死んじゃうからね」

それは実体があるのかと訊くと、実体があるように見えるが、半透明な影のようなものだという。彼の説明によると、縁がある人は年に一回か二回くらいの頻度で出会うけれども、縁のない人は一度も出会わないとのことだった。

その話を横から聞いていたヤンキー気質の恵介君という新人が、そいつの正体を暴いてやるよと鼻息を荒くした。

「そいつのせいでおじいちゃんおばあちゃん死んじゃうんでしょ。許せないっすよね」

「んー。恵介君はそう思うかもしれないけど、単に死期を知らせにやってきてるのかもしれないし。何ともしようがないんだよね」

今までに何度お祓いをしても、それが出るのは止まないとのことだった。


その夜は小諸さんと広樹さんが夜勤担当だった。

入居者は皆自分の部屋に戻っており、施設の廊下は無人だ。

明かりの落とされた薄暗い中を広樹さんが巡回していくと、廊下の角を何かの影が折れた。夜は足音が特によく反響するのだが、それの立てる音が一切響いてこない。

音はせずとも、単なる見間違いとは思えなかった。廊下を折れた先に何かがいる。

施設長と小諸さんから聞かされた〈奇妙なもの〉だろうか。

角から顔を出して、こっそりと廊下の先を窺《うかが》うと、廊下のどん詰まりにある扉の前に、真っ黒なものが立っていた。

扉の向こうは益子さんという男性の部屋だ。

天井に付くほどの高さではないが、個室のドアよりも背が高い。二メートルほどはある。

確かに、真っ黒で半透明なクリスマスツリーというのは、遠くない比喩のような気がした。クリスマスツリーでなければ何だろう。子供の頃に田舎で見た蚊帳のようにも思えた。

息を殺していると、それはすっと部屋に入った。

先ほど、消灯時に鍵が掛かっているかどうかの確認は終えている。おやすみなさいと声を掛けながら、一つ一つチェックをするのが決まりなのだ。

だが、影は室内へと入っていった。

あれがもしお化けや妖怪ではなくて、不審者だったとしたら。そう不安を感じて、広樹さんは益子さんの部屋のドアノブに駆け寄った。

確認すると、鍵は掛かっていた。

すると、やはり入っていったのは不審者ではないということか。

いや、中から鍵を掛けたということもあり得る。そう考えた広樹さんは、マスターキーで鍵を開け、懐中電灯の光を射し込んで部屋の中を見回した。

奥の窓際に電動ベッドが置かれており、そこには益子さんが横になっている。ヘッドボードと壁との間には、電源を取るために人が入れるほどの隙間が取られている。

その隙間に、先ほど廊下にいた真っ黒なものが入り込んでいた。それは途中から九十度折れるような姿で、あたかも益子さんの顔を逆さまに覗き込んでいるようだった。

益子さんの寝顔に覆い被さるように突き出された部分には、白くて平たい楕円形のものが張り付いていた。恐らくそこが先輩や施設長のいう「顔」なのだろう。あと少しでお互いの鼻先が触れそうだった。

何をやっているんだ。

広樹さんは、顔を確認しろと告げられていたことを思い出した。

ゆっくりとベッドの脚側に回り込んだ。そこでしゃがみこむようにして、その顔らしき部分を視界に捉えた。

すると、その部分は益子さんの顔をしていた。苦痛を堪えているかのような、歯を食いしばって辛そうなしかめっ面だ。極めてリアルに作り込まれたお面に見える。

どうなるのかと固唾を飲んで見守っていると、お面に浮かんだ苦痛の表情がふっと緩んだ。その直後に〈影〉は姿を消した。

息を殺して様子を窺っていた広樹さんも我に返った。

慌てて廊下に飛び出したが、彼は意を決して確認のために再度部屋に入った。

もう先ほどの黒い影はどこにもいない。廊下に出て扉に鍵を掛けようとすると、益子さんのいびきが聞こえてきた。結局彼はこの騒動の間、目を覚まさなかった。

宿直室に帰ると、小諸さんに声を掛けられた。

「巡回、遅かったですね」

広樹さんは、今見たものについて説明した。

「ああ、やっぱりあれを見たんだ。遅いからそうじゃないかと思った。そうなると、益子さんには近いうちにお迎えが来るんだね」

あっけないとも取れるような反応に、広樹さんは唖然とした。

翌日、生活相談員の臼田さんを訪ね、昨晩見たものについて報告をした。

「分かりました。報告ありがとうございます。あとはこちらで準備しておきますから」

臼田さんは特に興味もなさそうな事務的な口調だった。

彼の口にした準備とは何だろう。

小諸さんの言葉を信じるなら、益子さんは近いうちに亡くなる。つまりその準備だ。

入居者の死に対する心の準備だけではない。家族への伝達、医療機関や葬儀社への連絡などの事務手続きや、書類の用意などの様々なことを含めての準備。

死の予告をされることで、施設の側が助かるというのは、理解できなくもなかった。

広樹さんが例の影を見てから二日後の夜に、益子さんは心不全を起こした。救急車が到着したときには、既に手遅れだった。

死に顔は、あの夜に見た〈影〉の着けていたお面と瓜二つだった。

あのとき、最後に表情が緩んだのは、益子さんがそこで事切れたからなのだろう。

入居者の死に様を教えてくれる影がうろつく。この施設ではこれが日常に組み込まれているということか。


「何ですか、先輩情けないじゃないですか！　ビビってそいつのことを取り押さえなかったって訳ですか！」

益子さんの件から一年ほど経った頃のこと、広樹さんは恵介君から声を掛けられた。あれから〈影〉を見たことがあるかというのだ。

どうやら彼は一度も遭遇したことがないらしい。広樹さんは一度見たことはあるけど、その一回切りだよと答えて、その夜の顛末を語った。言葉にすると今更ながらに気持ちの悪い体験だった。

すると、黙って聞いていた恵介君は、義憤に駆られたらしかった。

情けない情けないと何度も責められたが、だからといって、あの夜に自分が何かできたとは思えなかった。

そう伝えたところ、鼻に皺《しわ》を寄せて凄んだ。

「人の命が掛かってるんですよ！　俺なら何とかしますよ！　そういうもんでしょ！」

それからひと月ほど経った頃に、恵介君が〈影〉を見たらしいという話が耳に入った。

廊下を歩いていたそれに、走っていって掴み掛かったという。

そんなことをして大丈夫だったのだろうか。施設長は無理をするなと注意していたではないか。心配になった広樹さんは、彼から状況を訊き出すことにした。

周囲を何度も気にして、怯えたようなそぶりを見せる恵介君が語るところによると、夜間の見回りの途中で、薄い布を被っているような人影が通り過ぎたのだという。不審者でもお化けでも、とにかく捕まえてボコボコにしてやろうと声を掛けた。

「そしたらですね。そいつ、俺の顔していたんです」

「恵介君の……顔ですか」

「そうなんす。俺の顔してたんですよ。それも薬でもキメてるのか、だらんって緩み切った顔してんですよ」

その直後に、彼の身体はがくがくと震え始めた。

「ふざけんなよ。爺ちゃん婆ちゃんの顔してんだろ。俺の顔ってどういうことだよ――」


それから恵介君は二日にわたって、無断で仕事を休んだ。

彼は職員向けの独身寮で暮らしていたため、管理会社を通じて部屋の様子を確認することになった。

様子を見に行った担当者が呼んでも、部屋から返事はなく、また携帯電話などの手段でも連絡が付かなかった。そこで警察立ち会いのもとで部屋の中を確認することになった。

部屋に立ち入ると、彼はロフトベッドの手すりにロープを引っ掛け、首を吊った状態で絶命していた。その顔はだらしなく弛緩《しかん》し切ったものだったという。


なおこの件以降、施設長からは、夜間施設に現れる奇妙なものに対しては、絶対に声を掛けてはいけないし、ましてや手を触れたりしてはいけないという趣旨の説明がなされるようになった。だが今でもその顔を確認するようにと、申し送りされている。

山の井戸

田辺さんから聞かせてもらった中部地方の某県での話である。

その集落には江戸末期まで行われていた秘密の儀式があるという。

集落は山間部の水源から離れた場所にある。干ばつが起きると、水を集落まで引いている水路がすぐに涸《か》れてしまい、何度も水不足に悩まされた。

だが江戸時代の初期に修験者の男がやってきて、井戸から水を溢れさせるための儀式を伝えたとのことで、以後は干ばつのときでも水の確保ができるようになった。

伝承ではそのように語られている。


田辺さんが小学生の頃の話になる。

山に入って子供同士で仲良く遊んでいると、急に一番年下の健太の姿が見えなくなった。

どこかに隠れて寝ているのか、それとも一人でもう帰ったのかと全員で周囲を探していると、普段入り込まない藪の奥に、大きな黒い穴が口を開けているのを見つけた。

健太はきっとここに落ちたに違いない。しかし声を掛けても返事がない。

ここに落ちたなら子供だけでは手出しもできない。彼らは大人を呼ぶことにした。

話を聞いた親達は、慌てて現場を訪れた。

「埋め忘れの涸れ井戸がまだあったのか！」

「おい、ロープ！　ロープ持ってこい！」

集落の大人が総出で穴を確認し、井戸の底に倒れていた健太を引き上げて、急いで病院に運んだ。しかし、健太は全身を打ったショックで既に事切れていた。

翌日には、また誰かが落ちてはいけないということで、大人達が涸れ井戸を埋めに山中を目指した。しかし何故か皆すぐに帰ってきた。昨日の井戸から水が溢れて、小さな川のようになっているというのだ。

前日の様子は田辺さんも知っている。古い井戸の穴に水の気配はなかった。それが一夜にして、溢れて流れるほどに水が湧き出ているらしい。

不思議なことが起きたぞ、さてあの井戸を埋めるにはどうしたら良いだろうと騒いでいると、話を聞きつけた神主がやってきた。

「古い井戸が見つかったというのは本当ですか」

大人達が経緯を話すと、神主は慌てた様子で神社に戻っていった。

最近になって、田辺さんは両親に訊ねた。

「――子供の頃、山の井戸に落ちた子がいたの覚えてる？」

すると、二人は確かにそういうことがあったと認めた後で、あまり表に出さないほうがいい話だぞと諌《いさ》めた。

両親によると、神主がその夜遅くに、水を吐き続ける井戸まで足を運んで念入りに地鎮を行ったのだという。すると今まで井戸からこんこんと溢れていた水が徐々に引き、最終的に元の黒々とした穴に戻った。

「埋めるなら今しかありません」

神主の言葉に、皆で手分けして井戸を埋めた。

以後山の中で涸れ井戸を見つけた場合には、すぐに神主に知らせることが決まりになっているらしい。

「何で神主さんに連絡しないといけないの」

田辺さんの問いに対して、両親は、この土地に昔から伝わる野蛮な風習が原因だと、そっぽを向いた。

後日、彼が地元の友人と呑んでいるときに、たまたま子供の頃の話が出た。

その友人は例の神社の次男坊だ。両親が触れたがらなかったこの件について、彼は事情を話してくれた。

「もちろん今は上下水道もあるし、そもそも明治になって新しい水路を引いて、この集落でも水に苦労しなくなったらしいんだけど、それよりも前は相当酷かったみたいよ」

確かにその話は耳にしたことがある。

「修験者が水を得るための儀式をしたって伝説だろ」

「お前、その儀式のやり方って具体的にどうするか知ってるか」

知らないと答えると、友人は、そうだよなと困った顔をして、概略を教えてくれた。

まず集落の山に井戸を掘る。しかし地下には水源がないため、掘っても涸れ井戸にしかならない。そこで修験者はその土地に水の神を宿らせる儀式を執り行った。

ただ、それには生贄が必要だった。

以後、この村では定期的に井戸が涸れるようになった。そのたびに井戸に集落の人間をつき落とす。すると翌日には水が再び湧く。つまり人柱を要求するのだ。

「だから健太は偶然、水の神様の生贄になっちまったんだ。神様って奴は、いつまでも交わした約束を守るんだから、本当に律儀なものなんだよな――」

伝承通りに井戸から水が湧いたことには、神主の父も驚いていたよと友人は結んだ。

仏壇

奈美子さんの小学生時代の友人に、智子という子がいた。

彼女は代々続く旧家の一人娘として生まれ育った。

頭も良くて絵の才能もあり、クラスでも一目置かれる存在だった。奈美子さんから見ると、何一つ不自由なく育っているように感じられた。

時には羨ましいと思うこともあったが、嫉妬するには明らかに立場が違い過ぎる。それは周囲の子も同じだったようで、クラスの中で孤立もせず、いじめなども起きなかった。


奈美子さんは親の転勤で引っ越すため、彼女と同じ中学校に通うことができないと決まっていた。それもあって、小学生最後の夏休みに、智子の家に三泊四日の日程で遊びに行く約束をした。彼女の家に遊びに行くのは初めてのことだ。彼女もクラスの友人を呼ぶのは初めてとのことだった。それを聞くと、何だか誇らしいような気持ちになった。

渡された簡単な手書きの地図を頼りに訪ねていくと、智子の家はすぐに分かった。敷地の周囲を高くて立派な白塀に囲まれていたからだ。

塀に見合ったこれまた大きく立派な門の前で、奈美子さんはもじもじしながらインターホンを押した。すると心待ちにしていたのだろう。智子がすぐに飛び出してきた。


智子の家には母屋と離れがあり、庭も庭園と呼べるほどに立派だった。色とりどりの鯉が泳ぐ池もあった。庭だけで、通っている小学校の体育館がすっぽり入ってしまいそうだ。

智子の部屋は離れにあるというので、飛び石を踏みながら広い庭を横切った。

案内された先はとても立派な部屋で、奈美子さんからすれば一人で使っていることが信じられなかった。兄と狭い部屋を共用している彼女には、その環境がとても羨ましかった。

それを口にすると、智子は表情を一瞬硬くした。

「実はこれには理由があってね。また後で、それについて聞いてくれるかな」

何だろう。でも智子が話したいことなら何でも聞くよ。

そう伝えると、彼女はにっこり笑った。

荷物を置くと、智子は庭に出たら後で母屋に行こうと誘った。

道中、彼女は先ほどの離れに自室がある理由を話してくれた。

「あのね、あたしの家は、母屋に仏間があるんだけど、そこに仏壇が三つあるの」

一つは造り付けのもので、壁にはめ込まれている。それは一番大きくて立派な仏壇だという。その他に黒くて古びた仏壇が二つあるらしい。二つとも、大型の金庫ほどの大きさがあると智子は説明してくれたが、そもそも金庫のサイズ感がよく分からない奈美子さんは、「へぇ、そうなんだ」と曖昧な返事をした。

その話を聞いたときには、代々続く家なので位牌が仏壇に入り切らなくなり、それを納めるために次々に仏壇を増やしているのだろうという理解だった。

母屋に上がり、案内されるままに歩を進めると、居間らしき部屋に到着した。

そこには布団の上げられた掘りごたつがあった。勧められるままに脚を差し込むと、智子が冷蔵庫から麦茶を出してきてコップに注いでくれた。

麦茶を飲みながら、智子が淡々と話を続けた。

「あたしがまだ小さいときには、この部屋の隣が自分の部屋だったのね」

「さっき言ってた仏間のこと?」

「うん。そう。でもね、あることが起きてから、あたしの部屋だけ離れに移されたんだ」

考えてみれば、まだ小学生の時分に、親から離れて別棟で寝起きするのは寂しくもあり、また不安なことだろう。つまり家族にとって、それを選択しなくてはならないことが起こったということだ。

「仏間には仏壇が三つあるって言ったよね」

智子はその中の一番大きい仏壇にしか、お参りをしてはいけないと言いつけられていた。残り二つは祖父母と両親がお参りするもの。そう教えられて育ったのだ。

小学校低学年の頃までは、親に言われるがまま、そういうものなのだと思っていた。しかし小学校三年生の夏に、何故小さい二つの仏壇にはお参りをしてはいけないのだろうと疑問に感じた。

両親からは禁じられている理由を聞かされていない。そこで彼女は好奇心を抑えきれずに、小さな二つの仏壇を探ってみようと考えた。ちょっとした悪戯心だった。

先祖なのか関係者なのか、一体誰が納められているものなのか。

一つ目の小さい仏壇に近づいて中を覗くと、位牌が幾つも並んでいた。そしてその周囲は冷気が渦を巻いていた。夏の昼間なのに、氷室に入り込んだような冷たさだ。

ずっと手を置いておくと、熱を奪われて指先が痺れる。少し怖くなったが、彼女は順番に位牌を手に取った。どの位牌も、表面に書かれた字が消えてしまっていて識別できなかった。どれも大きな仏壇の位牌よりもずっと古いもののようだった。

そうやってまじまじと観察していると、急に得も言われぬ恐怖に襲われた。

急いで位牌を元の場所に戻して仏間から飛び出した。

智子はその晩、今までの人生で記憶にないほどの恐ろしい夢を見たという。

「沼みたいな所から、グチャグチャの顔の人が這い出てきてね。私を引きずり込もうとするの。そんな夢が毎晩続いたの」

たまりかねた智子は母親に一連の話を打ち明けた。

すると、母親の顔色がさっと変わった。

慌てた様子で、もう二度とその仏壇に近づいてはいけないと叱られた。

次の日学校から帰ると、彼女の部屋は離れに移されていた。両親は細かい理由を一切語らなかったという。


「今日は二人いるし、もう一度その小さい仏壇を確認してみない?」

どちらが言い出したかは、もう覚えていない。

智子自身、頼れる友人と小学三年生当時の真偽を確かめたかったのだろう。

最後の夏休みに、家に泊まるように誘ってくれたのも、きっとこの話を打ち明けたかったからだろう。そう奈美子さんは思った。

二人は恐る恐る仏壇に近づいていった。しかし、智子に何かあってはいけない。そう思った奈美子さんは、智子を制して先に仏壇を覗き込んだ。

思い切って顔を近づけると、先ほど智子が証言した通りに、その仏壇の前だけが氷のように冷え切っていた。隣のもう一つの仏壇でも同じような冷気を感じた。

かつて智子がしたように、奈美子さんも手を伸ばして位牌を掴んだ。確かに時代を経たもののようで、何が書いてあるのかは薄れていてはっきりしない。

「やっぱりこれだと、何て書いてあるか読めないね」

「そうよね。なみちゃんありがとう」

智子がそう返事をした直後、仏壇の中から人のうめき声のような音が響いてきた。

「え。これ誰の声？」

奈美子さんが智子を振り返ると、彼女は青い顔で首を小さく横に振っている。明らかに予想外のことに怯えている。

「これ人の声だよね。男の人の声に聞こえるけど――」

奈美子さんがそう囁くと、次は仏壇が音を立てて揺れ始めた。

「地震？」

見上げても蛍光灯の紐は揺れていない。つまり地震や風が原因ではないのだ。何か尋常ではないことが起きている。

二人は怖くなり、慌てて智子の部屋へと逃げ帰った。

うめき声は仏間を離れると聞こえなくなった。

「やっぱりうちの仏壇、何かあるね」

「怖いね」

「そうだ。まだ他にも家の中を案内するから。ごめんね、怖い思いさせて」

智子は他の部屋も案内してくれた。奈美子さんにとっては、まるで旅館に来たようだった。一通り部屋や調度品を見せてもらっていると、夕食の時間になった。御家族と一緒に食事をし、智子と一緒に広いお風呂でゆっくり入浴して、離れの彼女の部屋に戻った。

他愛もない話をしながら、まるで二人だけの旅行のようだなと思った。

はしゃいでいると、楽しい時間はあっという間に過ぎた。気付けば日付が変わる頃になっている。慌てて布団を敷き、二人並んで眠りに就いた。

何時だったのか、正確な時刻は分からない。

奈美子さんは、すぐ近くから聞こえてくる苦しそうなうめき声で目が覚めた。

うめき声の主は智子だった。魘《うな》されている。吹き出す脂汗で髪の毛が濡れていた。

キリキリと歯を食いしばっている。苦しそうだった。

必死に智子を揺り起こそうとしたが、なかなか目を覚まさない。

彼女の名前を叫びながら何度か頬を平手打ちした。すると、やっと気が付いた。

恐ろしい夢を見ていたのだろう。智子は奈美子さんにしがみついた。

声を掛けて落ち着かせると、智子がぽつぽつと口を開いた。


「前に見た夢と同じ夢を見たけど、今日のは沢山の人に手足を掴まれたし、みんなで沼みたいなところに引きずり込もうとしてて――凄く怖かった」

「昼間、またあの仏壇を触ったからかな」

「かもしれないね」

「でも触ったのは私なのに、何で私は夢を見なかったんだろ」

「この家の子じゃないからかな。どうしてだろ」

それから朝まで二人で一つの布団に潜り込み、寄り添うようにして寝た。

翌朝、何事もなかったように朝食を済ませると、二人で智子の部屋に戻り、例の仏壇の話を続けた。

　智子が見た昨晩の夢のことは気になったが、奈美子さんは話しているうちに、次第に好奇心が湧いてきた。怖いもの見たさもある。

「また、仏間へ行ってみようか。智子はどうする？」

「あたしも行ってみる」

「無理はしないでね。昨夜のこともあるし」

「うん。大丈夫。ありがとう」

　仏間に二人で入り込み、仏壇を前に色々と詮索をしていると、突然智子の母親が襖を開けて部屋に入ってきた。

　しまった。怒られる。

　奈美子さんはそう思った。

　何か言わないと。しかし声が出せない。何を口に出しても言い訳になってしまう。

「――智子も、お友達も、うちの仏壇に興味があるのね」

　智子の母親は、大変厳しい顔をしていた。しかし、意外にも強い口調で叱られることはなかった。

「あなた達はもう来年は中学生になるのだし、多少は物事の道理も理解できるでしょう。

それと奈美子さん。これから先、智子の人生のこともあるから、今から智子に話すことを、一緒に聞いてあげてちょうだい」

娘があなたと親友になったという言葉を、私は信じていますから。

急に話を切り出されたが、こうなっては嫌と断る訳にもいかない。奈美子さんは黙って頷いた。

智子の母親によれば、智子の家は三百年もの間、繁栄を続けてきたのだそうだ。しかしその繁栄の裏で、多くの人が犠牲になってきたという。

元々は、遠い昔に占いや迷信を信じていた当主が、子々孫々まで絶えることなく繁栄するようにとの願いを込めて、ある神様に誓いを立てたことが発端だった。

その繁栄の代償として、代々その血縁者から一人、その神様に人柱を捧げるという約束ごとが交わされた。この母屋の地下にも、人柱が埋められているという。

「ごめんなさいね。それは江戸時代とかの、ずっと昔の話だから安心して。今の時代では単に気持ち悪い話だと思うけど、智子に罪はないの」

智子の母親はそこまで話すと二人を外へと連れ出し、庭園の奥へと誘った。

「今から案内するのは、智子も初めて行く場所になります」

飛び石を離れ、庭の奥まで続く池を越え、更に奥まった場所。母屋からも離れからも直接視界に入らないようにと、小高く土が盛られたその奥だった。

誰にも興味を持たれないように、近づかれないようにと、念入りに隠された場所ということが分かった。

そこには一辺が子供が両手を広げたほどの四角く深い穴が掘られており、周囲は竹の柵が立てられ、それらを繋ぐ四辺の縄からは紙垂《しで》が垂れている。

「人柱を捧げるときには、この穴に血縁の者を一人投げ入れていたと伝えられています。たぶん、赤ん坊でしょう」

つまり、この穴を掘ったら、中から何体分もの人の骨が出るということだ。

「俄《にわか》には信じられないことでしょうし、今の価値観では、とても残酷なことだと思います。でも、智子はそういう家に生まれた子なんです。今後、色々と耐えなくてはならないことや、苦しむこともあるはずです」

だから――。

これからも良い相談相手になってあげて。

でないと、あなたもここに放り込まないといけなくなる。

奈美子さんには、言外にそんな言葉が隠されているように感じられた。これは脅迫だ。友情を人質に取られたようなものだ。

「それでね、奈美子さんも興味を持っていたあの小さい仏壇はね、ここで犠牲になった人のために用意されたものなんですよ」

そして代を継ぐ人間は決してあの仏壇には近づいてはいけないという言い伝えがあるのだと説明した。家の繁栄のために、無念にも人柱として投げ込まれた人達が、跡継ぎをあの世へ連れていってしまう。つまり後継が早死にしてしまうからだという。


「……今も人柱を立てるんですか」

奈美子さんは勇気を出して訊ねてみた。

その質問が意外だったようで、智子の母親はけらけらと笑った。

「今はそんな時代じゃないでしょう。そんなことしたらニュースになっちゃうわよ」

確かに言われてみればそうだ。人柱の話はずっと昔の話。歴史上の話——なのだろう。

「太平洋戦争が終わってから、そんな古い風習を残しているのはいけないってことになって、人柱を捧げるのは止めたらしいの」

戦前、つまり智子の祖父母の代までは行われていた風習ということだ。

「でもね、その代から、子供は一人っ子。それも女の子しか産まれなくなってしまった。だからこの家を残していくには、智子も私と同じように、婿取りするしか方法がないの」

奈美子さんは、はっとした。恐らく、彼女が一番伝えたかったことは、それなのだと気付いたからだ。

智子はお嫁に行くことはできないのだ。

この家を守るために、この家を継ぐために、この家の中でずっと生きていくことが彼女の役目なのだ。うがった見方をすれば、それ以上は期待されていないのだ。むしろ、それ以上の存在になることは、疎んじられている、禁じられているとさえ言えそうだった。

智子は母親の語る内容を、何ともいえない表情で聞いていた。

夕食を終え智子の部屋へ戻り、二人だけになったときに、彼女はぽつりと漏らした。

「まだあたし、良く分からないんだけど、何で家を残すために身内が死なないといけないのかな。この家ってそんなに残さなくちゃいけないものなのかな。あたし、本当は漫画家になるって夢があるんだ」

智子の目からとめどなく涙が溢れ出ていた。

そして、二人は小学校を卒業し、奈美子さんは引っ越しを機に別の土地に移った。

それから半年経った中学一年生の夏に、連絡を取り合って久しぶりに会った智子は、以前よりもずっと大人びて見えた。

「あたしやっぱり漫画家を目指すんだ。結婚もしないよ。一人でやりたいことをして暮らすの。だから、ずっと友達でいてね」

明るく話す智子の言葉は、家からの決別の決意であり、宣言のように思えた。

それから三十年の間二人の交友関係は続いた。智子は生涯独身だったが、四十二歳で癌を患って亡くなった。彼女がこの世を去る十日前に、奈美子さんが見舞いに訪れたときには、以前は艶やかだった髪も全て抜け落ち、まるで老婆のような状態だった。闘病生活が辛いものだったのは想像に難くなかった。

彼女は何も声を掛けられずにいる奈美子さんに、穏やかな笑顔を見せた。

「あたしが婿取りもしないで、子孫を残さなかったから、これはその報い。でもね、こんな形で代々続く家なんか、あたしで断ち切るから」

怖いことはこれでもうおしまい。全部あたしが持っていくわ。

だから泣かないでね。これで良いのだから。

カマキリ

現在、都内で大学に通う長谷川君の出身は宮城県である。

彼がまだ小学五年生のときの話だという。

放課後に仲の良い友人達と、近所の資材置き場に自転車で乗り付けて、夕暮れまで遊ぶのが常だった。

そこはトラックが行き交う街道に面していたが、土地を持っている会社が何かの事情で使わなくなったのか、何年も放ったらかしになっていた。

近くには民家もないので、多少騒いでも周囲の耳目を気にすることもない。男子小学生にとっては都合の良い秘密基地だった。

敷地には錆びた鋼管や建築資材が無造作に置かれており、敷かれた砂利も赤錆色に染まっていた。

資材置き場の隣は草ぼうぼうの空き地だ。その先には街道が川を横切る古い石造りの橋がある。夏場はその橋の脇から土手を降りていけば、水面に糸を垂らして釣りを楽しむこともできる。しかし、今の季節は晩秋を迎えている。まだ雪は降っていなかったが、冬の気配は日増しに濃くなっている。

「ここ何日か、急に寒くなったよなぁ」

「あ、学校で話してた奴、これだよこれ」

その言葉を聞いて、宮沢の差し出した携帯ゲーム機の画面を覗き込んだ。対戦ゲームの隠し技を発見したというのだ。

しばらく二人で対戦ゲームを遊んでいると、遅れてやってきた八木山が、慌てた様子で走ってきた。

「川のほうに男の人が倒れてんだけど」

皆で資材置き場の入り口から顔を覗かせると、確かに隣の空き地の前に人が倒れていた。

三人で恐る恐る近づいていくと、それは初老の男性だった。

小柄だががっしりとした体躯。日に焼けて皺の刻まれた肌。汚れた灰色のジャンパーにカーキ色のズボン。足にはひざ下まである灰色の長靴。詳しい業種までは分からないが、漁港で働く人の格好に思えた。ここから港までは歩いても一時間と掛からない。たぶんそちらから来て、体調を悪くして倒れたのだろう。

「――息してないし、たぶん死んじゃってるよな」

八木山が二人に確認するように問いかけた。だが二人は返答しなかった。どう返事をして良いか分からなかったからだ。

確かに男性はピクリともしない。目をかっと開いてはいるが、瞬き一つしない。よく見ると黄色がかった白目にも砂が付いていた。

「たぶん」

「そうだ。救急車呼ばないと」

そう口に出してはみたものの、三人は携帯電話も持っていない。近隣に人家がある訳でもない。家まで自転車を飛ばして帰れば良いのだろうか。三人のうちで最寄りの家となると宮沢の家だ。

初めて人間の死体を見てしまったことで、頭が混乱していた。とにかく誰でもいいから大人に知らせないと。

「次に車が来たら止めようぜ」

八木山が提案した。名案だ。きっとそうすれば何とかしてもらえるだろう。

しかし、普段なら大きなトラックが連なるようにして走っている道のはずが、そのときは何故か車が一台も通らなかった。

こうなると、小学生三人にはどうすれば良いのか分からない。早く車が来ないだろうかと、祈るようにしてただ待ち続けた。

早く来い。

そう念じながら震えていると、不意に八木山が声を上げた。

「カマキリだ！」

えっと思って男性の顔を見ると、やけに腹が膨らんだカマキリが、うつ伏せになって横を向いた男性の唇に脚を掛けていた。そこから頬に上っていく。

こいつ、どうするつもりなんだろう。

目を奪われていると、カマキリは男性の耳の穴にするりと入っていった。


入った！

確かに入った！

今、カマキリ入ったよな！　耳の中に！

騒いでいると、男性が突然バネ仕掛けの人形のようにすっくと立ち上がった。

三人は叫び声を上げて後ずさった。

今まで死体だとばかり思っていたのが、いきなり立ち上がったのだ。肝を潰さんばかりに驚いた。

「大丈夫ですか！」

宮沢がふらふらしている男性の背中に声を掛けても、全く反応がない。

それどころか彼は三人に背を向けたまま路側帯を歩き始めた。一足ごとに、長靴から湿っぽい空気が漏れる音が耳に届いた。

ずっこずっこ。ずっこずっこ。

男性は橋に向かってふらつきながらもまっすぐ歩いていく。距離が離れていくと、長靴の音が聞こえなくなった。三人はその後ろ姿をじっと見守った。

男性は橋を渡り始めた。そして、その半ばまで来たあたりで、急に欄干に手を掛けたと思うと川面に向かって飛び込んだ。

三人は走った。

この気温だ。川なんかに飛び込んだら、心臓発作を起こして間違いなく死んでしまう。

助けないと！

しかし、幾ら橋の上から確認しても、橋の脇から堤防を降りてみても、沈んでしまったのか流されてしまったのか、飛び込んだはずの男性は、もう姿が見えなくなっていた。

探しているうちに日も暮れてしまった。

もう帰らなくてはならない。

残された三人の少年は、今日のことを警察に届けるべきかどうかを話し合った。

もしそのまま男性が川から移動していて無事だったら、自分達が警察に届ける意味はないのではないか。

もし本当に行方不明なら、もう通報されているはずだろう。

そもそも何故こんなところに倒れていたのか。

考えたところで計り知れない話になってしまう。

その三人の横を、先ほどまで一台も通らなかったトラックが、風を巻きながら何台も走り去っていく。そのフロントライトが眩しく輝いていた。

「いいよ、もう帰ろう」

そう言い出したのが誰かは覚えていない。

今見たことは三人で秘密にしよう。

ニュースになったら見かけたって言えばいいんじゃないかな。あの道をふらふら歩いていくのを見ましたって。

だが結局、男性のことは新聞にも載らず、ニュースにもならなかった。

二学期が終わり、クリスマスと正月が去り、新学期が始まる頃には、長谷川君は先日の男性のことを思い出すことは殆どなくなっていた。

自分達の後ろめたい選択を早く忘れたいということもあった。

時には夜中にあのときの男性の顔を思い出して、はっと飛び起きることもある。

だが、もう自分には関係のないことだ。

三人ともそれから一度もあの日のことを話題にしなかった。


三人は地元の中学校に通うようになった。

彼らが中学二年生の冬に、八木山がぽつりと漏らした。

「俺、ずっとカマキリに取り憑かれてんだよ」

三人の間でカマキリといえば、あの日のあのカマキリに決まっている。

聞けば、あの男性のことがあったときから、八木山の周りには、時折カマキリが現れるようになったのだという。

寝ていると顔や首回りに何か硬くて細いものが触れる。その感触に飛び起きると、それは腹を大きく膨らませた緑色のカマキリだ。

耳の穴を狙われている。

そう直感した。それが正しいかどうかは分からない。だが、カマキリを見ると、あの日、男性の耳に飛び込んでいった記憶がまざまざと蘇る。

「最近は毎晩のようになっててさ」

宮沢が大丈夫かよと声を掛けたが、八木山は首を振った。長谷川君は何と声を掛けたかを覚えていない。

思い出したくないので、あまり深く考えないようにしているのだ。

その夜、八木山はあの橋から川に飛び込んで自ら命を絶ってしまったからだ。


八木山の死から五年経った。

長谷川君は親元を離れ、都内の大学に通い始めた。宮沢は高校を卒業して、地元の会社に就職して頑張っているらしい。

次の正月には久しぶりに会おうという話になっていた。夏休みは帰らなかったが、冬休みは実家でのんびりする予定だった。

クリスマスの夜に、携帯に宮沢からメッセージが届いた。

年末に会ったときの予定でも書かれているのかと、何の気なしに開いたそのメッセージを読み、長谷川君は血の気を失った。

「カマキリ」

メッセージにはただ一言そう書かれていた。

その年末の帰省は、宮沢を弔うためのものになった。

死因は飛び降り自殺。深い谷に掛かる橋の上から飛び降りたという。しかし、宮澤の周囲の人々によれば全く自殺する心当たりがないという話だった。

長谷川君は、八木山の両親にも宮沢の両親にも、あの日のことは伝えていない。

伝えていいものかどうかも分からないという。

廃寺の人形

「中途半端な話だから、あまり人には話してないんだけど」

館さんはそう前置きして話し始めた。


彼の実家の裏手には住職がいない寺があった。本堂などは残っていたが所謂《いわゆる》廃寺だ。噂では住職が夜逃げをした結果、人が住まない寺になったとのことだった。

夜逃げをした理由を聞いてもよく分からない。ただ、もうその寺に留まりたくないがために逃げ出したのだ。住職でも怖かったのだろうと噂されていた。

まだそこに墓を持っている近隣の檀家《だんか》が残っているので、葬式や法事があった場合は、隣の集落から代理の住職がやってきて、委細を取り仕切っていた。

しかし、整備や修繕もされないまま放置されている建物は、いかんせん古くなっており、かといって建て直しもできないということで、そのうち解体されることは決まっているようだった。

そこは近所の悪童達には格好の遊び場だった。館さん自身も小学校時代に仲間と一緒に、その廃寺の境内でよく遊んだことを記憶している。

彼が小学四年生の六月のことだった。悪童仲間の一人が、あの寺の中に入ってみないかと誘ってきた。考えてみれば、確かに今まで境内では悪戯三昧に遊んでいたが、建物の内部にまで入り込んだことはなかった。

ここ数年、法事や葬式などで、あの寺が使われていたような記憶はない。さてはもう解体される時期が近いのか。それなら一度忍び込んで中を確認してみよう。

示し合わせた悪童達は、早速その日の午後に寺に忍び込むことにした。最終的に決行するために集まったのは五人。とはいえいつも一緒に遊んでいる仲だ。

まずは玄関から入れるかを試してみようぜ。

一人が玄関の引き戸に手を掛けた。鍵は掛かっておらず、あっさりと開いた。

皆、不用心だなぁと声を上げたが、廃寺には特に盗むものもないのだろう。

玄関の土間には墓参用の水桶が並んでいた。

そうか、少ないながらも檀家は残っている。だから墓参用の桶を使えるようにと、わざわざ鍵を開けてあるのだ。

皆、納得した。

「上がろうぜ」

言い出しっぺの一人が靴も脱がずに土間から廊下へと歩を進めた。

「探検だな」

「怖くない？　大丈夫？」

「大丈夫だろ」

廊下を進むと、すぐのところに十二畳ほどの部屋があった。雨戸も閉まっているので光源は廊下の窓から差し込む光だけだ。部屋に入ってみると、壁沿いに、ひな壇のようなものが造り付けられていた。

調子に乗ったのか、仲間の裕史が雨戸を開けた。薄い光が入って部屋の中が照らし出される。やはり片方の壁が祭壇のようになっている。きっと葬儀や何かの儀式のために使われるのだろう。

裕史が、慌てた様子で雨戸を閉めた。

「気持ち悪いから、もう出ようよ」

「まだ奥あるけどどうする？　本堂まで行く？」

「無理無理。もうやめとこうぜ」

しきりと気持ちが悪いと口にする。何か見えたのかと訊いても首を横に振るばかりだ。

そんなやりとりをしている間に、部屋に残っているのは三人だけになっていた。廊下に出て残る二人の名前を呼ぶと、奥から声がした。

声の方向に進んでいくと、早々に部屋を後にした二人が炊事場に入り込んでいる。

「何やってんだよ」

「いや、何か面白いものでも残ってないかなって思ってさ」

「裕史がびびってさ、もう出ようって話になってるよ」

そう言いながら踏み込んだ瞬間に、館さんの足が引きずり込まれた。

驚きで声も上げられなかった。心臓が跳ねる。

床板が腐っており、それを踏み抜いたのだ。太腿まで埋まってしまったので一人では抜け出せなかった。

結局、友達三人に引っ張ってもらい、這々《ほうほう》の体《てい》で脚を抜いた。脚は擦り傷だらけだったが、特に酷い怪我でもないので唾を付けておいた。ひりひりと痛いのは我慢する。

館さんが悪態をついていると、仲間の一人が、踏み抜いた下が床下収納だと気付いた。

確認すると、確かに板には指を掛けられるような穴が開いている。床下収納の揚板を踏み抜いたのだ。

「中に何かないかなぁ」

そのままにしておくのも危険だろうということで、揚板を二枚とも持ち上げた。すると、床下収納の奥に何か厚みのある箱が置いてあった。裁縫箱よりふた回りほど大きい。引っ張り出してみると、麻紐で雁字搦《がんじがら》めに括《くく》られている。

「何それ」

「分かんないけど、餅でも入ってんじゃね」

呑気なことを言う。

受け取ってみると見た目よりは軽い。振ってみると中に何かが入っている。

数人が折りたたみ式の小刀を持っていた。

「紐、切るか」

縄を切り、包んでいる紙を剥がすと、中から厚みのある桐の箱が出てきた。その四方は和紙で糊付けされている。

その和紙もだいぶ傷んでいるが、明らかに何かを封じているように見える。

「開けてみようぜ」

子供達は気にせずに封を切り、蓋をこじ開けた。

中には老人を模した日本人形が入っていた。長い髭を蓄《たくわ》えた風貌で、背中に矢を背負っている。狩衣《かりぎぬ》姿の老人は、麻紐で動けないようにきつく縛られている。捕縛され、折檻《せっかん》されるのを待つ囚人のように感じた。

「何の人形かなぁ」

「あ、これ知ってる。雛祭りの人形だよ」

「え、見せろ見せろ――うわ。気持ち悪っ！」

その人形を見て一際大きな声を上げたのは館さんだった。本能的な気持ち悪さを感じたからだ。人形は埃を被っている訳でも傷んでいる訳でもない。しかし正視するのが嫌だった。

その館さんの声に耐えられなくなったのか、人形を持っていた子が箱ごと人形を床に放り捨てた。

それを機に、子供達は声を上げて散り散りに逃げ出した。

館さんは自分が最後尾ではなかったこともあり、最後に誰が玄関の引き戸を閉めたかも覚えていない。

夜になると、館さんは次第に自分達のやったことが不安になってきた。

その寺に一番近いのは館さんの家だ。昼間に寺の境内で遊んでいるのは、近隣の住民は皆知っている。もし寺の中に異状があることが周囲にバレたとしたら、まず疑われるのは自分のはずだ。

確かに自分も寺の中に入ったけれども、人形のことは自分のせいではない。

全部が全部自分のせいになったとしたら心外だ。

放り捨てた人形やその箱は、やっぱり床下に戻しておかないといけないだろう。

朝一で行けばバレないよな。

彼は翌朝早朝に自宅を抜け出すと、一人で寺を訪れた。

昨日の今日、しかも普段誰も来ない場所にも拘わらず、人の手が入っていた。踏み抜いた床下収納の揚板は穴が開けられていたままだったが、台所の隅に寄せられていた。

放り投げた人形や箱も、周囲に散らばっているはずだったが、箱は元どおり麻紐でぐるぐる巻きにされ、穴の中に収められていた。

箱の中を再び確認する勇気はなかった。

まるで何事もなかったかのような状態に戻っている。これは檀家さんの誰かが自分よりも前に来たのだろうか。

何となく、そうではないかと思った。もしくは、昨日の仲間のうち最後尾だった奴が、後片付けをして帰ったのだろうか。しかしどの顔を思い出しても、一人としてそんなことをしそうにはない。

いいや、もう帰ろう。

館さんは素知らぬ顔で帰宅すると、そのまま小学校に登校した。

その週末のこと。館さんは目に違和感を覚えた。

光が眩しく感じられたかと思うと、瞬く間にズキズキと痛み始めた。

今までに経験したことのない目の痛みだった。瞼《まぶた》を開けると、光の刺激で眼球に針を刺されるような感覚に涙が止まらなくなる。もう開けていられない。

頭痛も酷く、吐き気までしてきた。

部屋の雨戸を閉め切って布団に横になった。両親も心配したが、まずは医者よりも休ませることにしたようだった。

目は瞑っているが、意識ははっきりしている。まだ頭痛はあったが、光を感じなければ問題となるほどのことはなかった。

真っ暗闇の中に横たわっていると、視界の奥に灰色の楕円形のものが見えてきた。

目を開いてみても、視界が変わらない。それが不思議だった。

灰色のものは丸石のようにも思えた。それがこちらにゆっくり倒れるように角度を変えていく。

俺は今、何を見ているんだろう。

不思議に思いながら観察していると、次第に石の向こうから着物の裾が見えてきた。

ああ、これは人形の台座なのか。

倒れている人形がゆっくりゆっくり起き上がってくるのを見ているのだ。

とうとう立ち上がった人形と真正面に向き合うことになった。その正体は、先日寺で縛られていた狩衣姿の老人を象《かたど》った人形だった。ただ一つ違うのは、縛られていないことだ。

——この前の人形だよな。

そう思うと同時に、人形がこちらに近づいてきた。

真っ白い長い髭を生やした顔で、こちらを覗き込んでくる。いや、人形がこちらを覗き込んでくるはずはない。ただ近づいてくる。それを止められない。身体が動かない。目も開いているのか閉じているのか分からない。開けても閉じても見えるのは同じ光景なのだ。

そして視界の全てが老人の顔で占められた。

次の瞬間、自分の頭の中を人形が通過する感触があった。

しばらく呆然としていたが、気が付くと視界は真っ暗な状態に戻っていた。全身が汗でぐっしょり濡れていた。

着替えを取りに行こうとして気が付いた。頭痛も目の痛みも治っている。

先ほどの体験は夢かとも思ったが、夢にしては生々しかった。しかも人形が自分の頭を通り抜けてどこかに去っていったということは、何故か確信できた。

館さんはあの人形の所在を確認しなくてはならないという衝動に駆られた。

確かめに行かねばならない。あの寺の床下にまだあるのか。それとも、もう失われてしまっているのか。

いても立ってもいられずに寺に忍び込んだ。先日の朝に入り込んだときと、状況は変わりなかった。ただ一点を除いては。

人形の入っていた箱がなくなっていた。

どこに行ったのか。誰かが持ち去ったのか。そうだとすれば誰が。わずか数日のうちに、人形を回収するために寺を訪れた人がいるというのだろうか。

だが、それは他人には訊くことのできない話である。足が付くのは嫌だった。

週明けに、先日寺に忍び込んだ友達を集めて体験を打ち明けた。

お前祟られているんじゃないのか、呪われているんじゃないかと口々に揶揄《やゆ》された。

「いや、俺が呪われてるとかはどうでもいいんだ。それよりも、あの日誰か最後まで片付けて帰ったか」

「最後に出たのは裕史だろ。一緒に走って帰ったんだから、片付けたりしてる余裕がないのは知ってるだろ」

「それじゃ、次の日の朝に行って片付けた奴はいないか」

「いる訳ないだろ。お前の家が一番近いんだし、行くなら連絡するなり呼ぶなりするよ」

「なら俺が見たのは誰がやったのよ」

「知らないよ」

確かに誰も知らない様子だった。これ以上訊いても時間の無駄だと思った館さんは、素直に引き下がった。ただ、先日人形を見て雛人形だと言っていた友人に人形の正体を訊いた。彼はきっと左大臣だよと答えた。

家に帰って母親にも訊ねてみると、確かに雛人形には左大臣という老人の人形がいると教えてくれた。お内裏様とお雛様の二人を守る役目らしい。


冬休みに入る頃、自治会でお楽しみ会という名の親睦会が催された。それに出席したときに、友達の一人が寄ってきた。

「夏にお寺の話があったじゃん。あれの話」

彼は少し前に祖母に例の寺について話を聞いたとのことだった。

「あのお寺さ、住職さんが頭おかしくなって、どこか行っちゃったんだって」

それは両親が話していたのを聞いたことがある。しかし、何が理由で頭がおかしくなったのかを訊ねても、はぐらかされて教えてもらえなかった。きっと両親も詳しいことを知らなかったのだろう。

「あのね、昔はあのお寺、人形が幾つもあったんだって。住職さんが突然人形供養を始めて、全国から人形を集めたらしいんだけど、その中にどうしても供養できない人形が幾つも混じってたって」

唐突に、館さんの脳内にイメージが浮かんだ。広間に設《しつら》えられたひな壇に、大量の人形が並んでいる光景だった。

「供養できた人形はお焚き上げができるんだけど、中には全然供養できないのがあって、それで悩んでおかしくなっちゃったんだって」

だからね。

僕達が見たあの紐で縛られていた人形ってさ。

あれさ、封印を解いちゃったってことだよね。

その話を聞いた後のお楽しみ会で何があったか、館さんは一切記憶していない。

「それで小学生のときの話は終わりなんだけど」

館さんは頭を掻きながら、視線を合わさないようにして続けた。

「この話さ、俺の体験談としては中途半端なんだよね。あの人形がどこかに行く前に、何故俺のところに出たのかは知らないけど――」

だからさ、こっから先は俺が何人かから聞いた話。

本当かどうかは分からないよ。でも、その人達が俺に嘘つく必要ないからさ。俺には説明もできないから、まぁ話半分に聞いてくれよ。

館さんが中学生の頃、例の寺の住職の噂を聞いたことがある。その寺が人形供養を始めてしばらく経った頃、何か重要なものを預かったらしい。そしてその数年以内に、奥さんも十五歳の娘も全員亡くなり、家族が総崩れしたという。住職が夜逃げをした真の理由はそれが原因で、それからすぐに住職も亡くなったとの話だった。

その後、件の寺の本堂は建て直すこともできないと結論が出て、業者に依頼して取り壊すことになったのだという。

それを教えてくれたのは、館さんが大学生の頃、行きつけにしていた煙草屋だった。その煙草屋が例の寺の檀家だった関連で、解体にも立ち会ったのだそうだ。

解体に当たっては、仏壇や家具などを破棄したり、然るべきところに持っていくことになる。仕分けを担当している作業員にお茶出しをしているときに、何が出てきた何は取り壊すと、事細かに色々聞かせてくれたらしい。しかし、その中に人形はなかった。

後日、檀家総代に渡されたリストにも、人形や人形の箱という項目は見当たらなかった。

「ああ。そうだ。思い出した。あと二人死んじゃってるわ——」

別れ際に、館さんは言いにくそうに切り出した。

「その寺の隣の家の爺さんも、境内の掃除をしてたら死んじゃったんだった。墓石と墓石の間に、どてらを着たままで、うずくまるようにして冷たくなってたんだ。あともう一人は、代理の住職が来て法事をしたりしてる、掛け持ちの寺があるって言ってたでしょ。そこの住職が俺の後輩でね。そいつのお姉さんも死んじゃってるんだ。急性心不全だったかな。下手にあの寺に関わると死ぬってことよ」

冗談めかして笑った後に、館さんは続けた。

「俺もひょっとしたら死んでたかもしれないんだよ。確かにあの人形を見てから、生死の境をさまよう事故には何度か遭ってるし」

説明のできない中途半端な話だけど、まぁ使えるなら使ってくれよ——。

樅の木

これはなつみさんの親類に纏わる話である。

その家は山奥にあった。幼少の頃から母親に連れられて、夏休みにその家に遊びに行くのが毎年の恒例となっていた。東京で生まれ育ったなつみさんには、泊まりがけでそこを訪れるのが楽しみだった。

今から思うと、母親としても都会っ子で身体が弱かったなつみさんを、自然の中で遊ばせたかったのだろう。なつみさん本人としても、普段見ない囲炉裏や、今は使われていない古い竈《かまど》などもあり、それを見るだけでも飽きなかった。

その家には、彼女と同じ年頃の姉弟がいた。二人とは、はとこの関係だ。

なつみさんが小学六年生の夏休みのことだった。三人で裏山の奥へと山道を登っていくと、姉弟の二人が急に立ち止まった。

「なっちゃん、ちょっとここで待ってて」

二人は道から外れて杉林の奥へと入っていく。

一人にされたなつみさんは、言われたように待っていたが、急に不安になった。

「待ってぇ！　置いていかないでよぉ！」

杉林の中、声を上げて二人を追い掛けていく。

二人は林の中の一角にある三基の石碑の前に立っていた。

「あっちで待っててって言ったのにぃ」

姉のほうが口を尖らせた。

「これ何？」

石碑にはかつては文字が刻まれていたようだが、今となっては表面が風化と苔でボロボロになっていて読めない。なつみさんは少し不気味なものを感じた。

「うん。ここに来たらね、ちょっとお祈りしていかないといけないんだ」

姉弟は目を瞑り、石碑に向かって手を合わせた。真似してなつみさんも手を合わせた。

「お待たせ！　それじゃ、上に行こう」

杉林を抜け、山道を更に先へ先へと歩いていく。なつみさんにとっては坂がきつかったが、二人には特に気にならないようだった。

置いていかれないように息を切らしながら坂を登っていく。

――だいぶ登ってきたんじゃないかしら。いつも山を駆け回ってたら体力も付くよね。

どこまでだって足早に歩いていけそうな二人を、なつみさんは羨ましく思った。

突然視界が開けた。到着した場所は学校の校庭ほどもある広場だった。

周囲はうっそうとした森だが、そこだけ野球でもサッカーでもできそうなほどの広さで、しかも平らで日当たりもいい。山の中にこんな場所があるのかと、なつみさんは驚いた。

「なっちゃん、ここ初めてだよね」

「さっきの石のところで、ちゃんとお祈りしないと、ここには入れないんだよ」

姉弟は不思議なことを言ったが、これは躾《しつけ》の一環として、そういうことになっているのだろう。

どうやらここは二人にとって定番の遊び場になっているようで、早速持参したボールや縄跳びなどの玩具で遊びだした。

「あたし、ちょっと疲れたから、少し休んでから遊ぶね」

そう断って木陰に座って休んでいると、最初は気持ちの良い風が吹いていたが、次第に周囲がざわついているように感じられた。

十分ほど休んだだろうか。彼女は遊んでいる二人に、杉林の中にあった石碑が何なのかを訊ねた。

問われた二人は、一瞬で表情が硬くなった。

「あれは絶対に触ってはダメだし、興味を持ってもダメなの」

思いもよらない強い口調の返事に、なつみさんは更に興味を掻き立てられた。

二人にしつこくどうしてなのかを問い続けたところ、二人は顔を見合わせて、渋々といった感じで教えてくれた。

二人の家に伝わる話によれば、御先祖様が所有するこの山を開拓しようとしたときに、不可解な事故が相次ぎ、何人も死者が出たのだという。占いの結果、これは山の神様を怒らせたからだとのことだった。そこで神様を鎮めるために、人柱として樅の木の下に、三人の若い男女を生き埋めにした。

しかしそれから一年の間に、次々と一族の者が不可解な死を遂げた。

周囲は人柱の祟りだと畏れ、三基の石碑を建てた。

石碑を建ててから数年は、不可解な死は収まっていた。しかし安堵したのもつかの間、今度は一族の子供が皆十三歳で亡くなるようになった。

このままでは一族が絶えると心配した当時の本家の当主は、自分の命と引き換えに、家系が絶えないようにと山の神様に祈願し、自らその樅の木で首を吊って命を絶った。

それから一族は、代々あの石碑を日に一度はお参りをすることが習慣になった――。

「なっちゃん！　これ、絶対に言っちゃいけないんだよ。絶対に他の人に知られないようにね。喋ったりしたらダメなんだからね！」

二人は、なつみさんに念を押した。

翌年から、なつみさんはその家に遊びにいくことはなくなった。理由はよく分からない。中学生になったことで、部活動などに専念していたからだろうと考えていた。

しかし、後年母親に訊ねたところ、あの家はもう絶えちゃったからとの答えだった。

詳しく教えてほしいと頼むと、母親は聞かないほうが良いと答えた。しかし彼女がしつこく訊くと、気の進まない様子で教えてくれた。

あの二人は、ともに十三歳で亡くなっていた。更に弟のほうの亡くなった年には、二人の母親も病に倒れて亡くなったという。

その後、父親は樅の木で首を吊ったらしい。

そう語る母親は、急なことだったし、理由が全然分からないのだけどね、と困ったような表情を見せた。

面飾り

夏葉さんの中学校時代の同級生に、土井君という男子がいた。

土井君の家は両親と彼、四歳下の弟の四人家族で、特に何の不自由もなく過ごしていた。

父親は工務店を営んでおり、当時は景気もよく、傍目から見ても裕福な生活をしていた。

当時中学生だった夏葉さん達は、放課後になると仲の良い友人の家に集まっては他愛もないお喋りをするのが習慣だった。

ある日、友人三人で土井君の家に押しかけて、いつものように四人でお喋りをしていると、土井君の母親が飲み物とお菓子をお盆に載せて部屋へ入ってきた。

彼らがお礼を言おうとすると、彼女は突然大声を上げた。

「あんた達はそんなことしているから碌《ろく》な人間にならないのよ！　あんた達には悪魔が憑いているのよ！　もううちの子と遊ばないで！」

罵声を浴びせかけられた三人がぽかんとしていると、土井君が慌てたように声を荒らげた。

「うるせーんだよ！　早く出てけよ！」

彼は母親を部屋から追い出した。

今のは何だったのだろう。何ともいえない空気に三人が戸惑っていると、土井君が頭を下げた。

「ごめんな。うちのお袋、おかしくなっちゃってて」

彼はそう切り出すと、今までの経緯を話した。感情を込めない淡々とした口調に、今までの彼の苦労を感じ取ることができた。

ある日突然、母親が家族の反対を押し切って新興宗教へ入信したのがきっかけだったという。

信仰にのめり込んだ結果、家事もおろそかになっていき、次第に言動も正常とは言い難いものになった。しかもそれは次第にエスカレートしていった。

奇妙なお札や周囲から見たらガラクタとしか思えない品々に、際限なくお金を注ぎ込む。家族の大切にしているものを次々に捨てる。

やめるように注意すると、悪魔が憑いているものだから捨てるのだ、家族の幸せのためなのだから何故止めようとするのだと泣き叫ぶ。

元の母親に戻ってほしいと、信仰を捨てるように何度も説得したが、そのたびにヒステリックに暴れることもあり、家族との仲違《たが》いも絶えなくなった。

そんなある日、土井君の父親が腎臓病で倒れて入院した。

母親はこの病気は医者では治らないと、病室にお札を始めとして様々な物を持ち込み、毎日のように大声で意味不明な呪文を唱えていたという。

病院からも苦情を言われ、見かねた土井君が母親の病室への出入りを阻止するほどだった。その結果、母親には何を言っても話が通じないことが分かったのだという。

彼の家の壮絶な日々は、もう三年以上続いているとのことだった。

「ごめんな。嫌な思いさせて」

繰り返し謝る。

「いいよいいよ。別に土井のせいじゃないじゃんか」

そうは言いながらも、夏葉さん達の足は自然と土井君の家へは向かわなくなった。


彼らは高校、大学、社会人になり、それぞれの道を歩みながらも、四人の友人関係は途切れることなく続いていった。

そんなある日、土井君から、彼の父親が現場で不慮の死を遂げたとの連絡があった。

葬儀には土井君の元に三人の友人全員が集まった。今までも一人二人で会うことはあったが、四人が揃うのは成人式以来だった。

　土井君が葬儀の合間に打ち明け話を始めた。

「親父が死ぬ前に少しだけ話せたんだけどさ――」

　まだ彼の母親がおかしくなるよりも前に、取引先の社長から海外旅行のお土産にと、民族工芸品のお面の壁飾りを貰ったのだという。当時はまだ海外の民族工芸品は、お土産としても珍しかった。

　そのデザインは人のような動物のようなどちらとも取れるような顔つきをしていた。もしかしたら動物の精霊のような意味合いがあったのかもしれない。

　しかし、お土産をくれた社長とは、その後急に疎遠になり、結局一体どこの国のお土産なのかも訊けなかった。

　その面飾りは今も土井家のリビングに飾られている。だが一人でリビングにいると、面飾りの色が変わったり、ぶつぶつと呟くような声が聞こえてくるようになったという。

　気味が悪いから捨てようとしたが、その頃やけに景気が良くなり、もしかしたら飾り物のおかげかもしれないと思って、そのまま置いてあるとのことだった。

「それで親父の最期の言葉がさ、やっぱり俺が間違ってた、すぐにあれを処分してくれっていうんだ。家族のこととか会社のことじゃなくて、お土産のお面のことを最期に伝えるって、ちょっとどうなのかなって思ってさ。俺も怖いから、葬儀関係が一段落したら皆で家に来てくれないか。こんなの頼めるのなんて、お前達しかいないんだよ——」

その葬儀から半年経った。もうそろそろ落ち着いた頃だろうということで、土井君を励ますために皆で彼の家に集合する日程を決めた。

三人で土井君の家を訪れると、こっちに上がってくれと、リビングに案内された。

そういえば、いつも二階の彼の部屋に直接通されていたので、リビングに入ったのは初めてだった。

以前聞いたように、面飾りはソファの上の壁に掛けられていた。

緩やかに湾曲した茶色い木に、曲線や直線で絵の彫られたシンプルなものだった。刻まれているのは、抽象的なデザインで、もはや人とも動物とも取れなくなった顔だ。

その面飾りを見た直後から、夏葉さんは酷い頭痛と吐き気に襲われた。

皆でこれをどうするべきかと話をしていると、今まで飴色をしていた木の色が、徐々に変わっていく。

「これ、最初と色が違わないか」

「最初はこのフローリングと同じような色だったよな」

床はウォールナット材のフローリングの赤みがかった茶色だ。元々そのような色だったのは、夏葉さんも確認している。

しかし、四人の見ている間に次第に色が変わり、最終的にはどす黒い赤になった。

「土井、これ大丈夫なのか」

「このお面、何か怒ったりしてないよな」

集まった面々は、口々にお面が怒ってるんじゃないか、自分達にも何か嫌なことが起こるのではないかと不安を漏らし始めた。結局誰一人手を出すことができなくなり、土井君自身が壁から外してテーブルの上に置いた。

するとそこへ土井君の母親が飛び込んできた。

「あんた達何してるの！　それに触ったら皆死ぬのよ！」

彼女はそれを両手で持ち上げると、何かを唱えるようにぶつぶつと呟き始めた。

一体彼女が何を呟いているのか、夏葉さんには全く理解できなかった。そもそも日本語ではないように聞こえる。

更に言えば、以前に耳にしたことのあるような仏教や密教のお経でもない。得体の知れない言葉だった。

全員がどうしていいか分からずに、ただ立ちすくむだけだった。

するど土井君の母親は、突然くるりと踵《きびす》を返して、それを抱えたまま階段を駆け上がっていった。

一体何をするつもりなのか。渋る土井君に母親のことを確認しに行くべきではないかと説得していると、突然中庭から、米俵のような重いものが地面に当たったような鈍い音が聞こえた。

慌てて音の聞こえた側の掃き出し窓を開けて様子を見ると、土井君の母親が仰向けになって倒れていた。

夏葉さん達は、彼女が突然二階から飛び降りたということは理解したものの、何をすれば良いのか戸惑うばかりだった。とにかく救急車を呼び、住所と状況を伝えるだけ伝えて、救急隊の到着を待つことにした。

待っている間に、土井君がぽつりと小さな声で呟いた。

「このまま死ねばいいのに」

その言葉を聞いた夏葉さんは、驚きと怒りで思わず土井君の頬を平手で張った。

「何てこと言ってんの！　お母さんでしょ！」

庭先に横たわった彼の母親に目を向けると、先ほどまでは顔を隠していなかったはずなのに、今は顔の上に面飾りが乗っている。しかも先刻まではどす黒い赤だったものが、鮮明な赤に変わっていた。

これは鮮血の色だ。

「あのお面、今赤いよね！　見間違いじゃないよね！」

「真っ赤だ！　これ、どういう仕掛けになってんだよ」

皆の頭の中は、明らかにパニックに陥っている。

しかし救急車が来るまでは逃げ帰ることもできない。土井君を放って帰るのも悪いという気持ちがあった。

そう思って手持ち無沙汰にしていると、土井君が母親の顔から真っ赤な面飾りを取り上げ、再びリビングの壁に掛けた。

もう誰も一言も言葉を発する者はいなかった。


間もなく救急車が到着し、一連の説明を終えると、土井君は救急車に一緒に乗って病院に向かった。

夏葉さん達はひとまず帰路に就いた。

その晩、土井君から電話があり、幸いなことに軽傷で、母親は二週間ほどで退院できるとのことだった。

「あんなことがあった後で訊くのもあれなんだけどさ——それで、あのお面はどうするつもりなの？」

夏葉さんの問いへの返事は、〈面飾りは捨てない〉というものだった。

衝撃的な体験をしてしまったことで、夏葉さん達は土井君と距離を置くことにした。

しかしそれから一年ほど経ったある日、土井君から夏葉さんの元に、会って話したいことがあると電話があった。

それから数日後、夏葉さんはファミレスで土井君に会った。

現れた彼は驚くほどやつれていて、とても疲れた様子に見えた。

話を聞くと、あれから彼の家では様々なことが起こり、最終的にあの面飾りは捨てたとのことだった。

しかし、捨てた途端に家業が傾き始め、持っていた家も敷地も手放し、今は狭いマンションの一室で、細々と仕事をしていること。

母親が痴呆症になり、毎日が大変なこと。

やはり、あれは捨ててはいけなかったのではないかと後悔していること。

そんなとりとめのない話を聞いていると、突然夏葉さんの頭の中に声が響いた。

――あれはまだあるぞ。

――あの面飾りはまだあの家にあるぞ。

突然のことで、受け止めきれない。夏葉さんは戸惑いながらもそのメッセージを土井君に伝えることにした。

自宅、会社、事務所、倉庫をよく探してみて。あのお面、まだあるから。

そう言われて土井君は怪訝《けげん》な顔をした。当然だ。夏葉さんにも分からないものが土井君に分かるはずがない。

「分かった。一応色々探してみるよ」

戸惑うようにそう答えると、彼はそそくさと帰っていった。

しかし別れてから一時間としないうちに、彼から電話が掛かってきた。

「今、マンションに帰ってきたんだけどさ、うちの母さんがあのお面と話をしてるんだよ」

声が震えていた。

「引っ越しの荷物に入っていなかったのにさ。だってずっと前に捨てたんだぜ。それが何で今更出てきたんだ。お前さっき変なこと言ってたけど、何か知ってたのか？」

知っている訳がない。ただそんな気がしたからだと、そう答えた。

言い知れない不安が込み上げてくる。全身に寒気が走った。震えが止まらない。

土井君にそう伝えると、彼も〈凄く怖い〉と返してきた。

電話口で早く面飾りを取り上げたほうが良いとだけ伝えて、電話を切った。


その深夜に、また土井君から電話が入った。

あれからちょっと目を離した隙に、母親が面飾りを持ったまま外へ出ていき、追い掛けたけれども、マンションの前でダンプカーに跳ねられて即死だったと伝えられた。

あまりのことに掛ける言葉も見つからない。

しかし、不謹慎とは思いつつも、夏葉さんは面飾りはどうなったかと訊ねた。

「お面は母さんの血で真っ赤に染まってて、もう洗っても落ちないから、そのまま流しに置いてある」

「悪いこと言わないから、落ち着いたら神社とかに持っていくといいよ」

「いや、やっぱりこれは家に飾っておくよ。親父が間違ってたんだ」

土井君は心なしか明るい声でそう言って電話を切った。

夏葉さんはあの面飾りに関わるのが怖かったこともあり、自然と土井君とは疎遠になった。彼からは連絡も一切来ないままだ。

しかし最後に土井君と会ってから五年後に、突然死した友人の葬儀で、面飾りの噂を聞いた。

亡くなった友人があのとき一緒に見に行った一人だったこともあり、結びつけたくはないが、関係を疑ってしまう。

共通の友人達の話によると、土井君の弟夫婦とその子供が、三年前に自動車事故で全員亡くなっているとのことだった。更にそれから一年後に土井君自身も、投身自殺でこの世を去っていた。

「それでね。その話をしてくれた友人も翌年には急性の白血病で亡くなってしまって、もうあの面飾りのことを知っている友人は、私ともう一人だけになってしまいました」

更にその一人も今は入院中で、もう病院から出てこられる見込みはないのだという。

臭い

美香さんから聞いた話である。

中学三年生のときに彼女と同級生だったゆかりさんは、色白で少しぽっちゃりした体型の、クラスの中でも目立たない存在だった。

「あんた臭い」

二学期の始まった頃、美香さんの所属している女子グループの一人がそう言い出したのがきっかけだった。

年頃の女の子には、歯に衣着せぬ「臭い」という言葉はショックだったろう。

別に彼女の家族に体臭が強い人がいる訳でもなく、毎日きちんと風呂にも入っている。身だしなみだって人並みには気を付けている。人前で「臭い」と面罵されるような覚えは何もなかった。それは本人にとっては謂われもない中傷だった。

だがその言葉以来、その女子グループから、ゆかりさんは「ゲロブタ」とあだ名された。

高校受験のストレスを晴らすためだけの、理由のない陰湿ないじめの始まりだった。

机は「臭いから」という理由で隔離され、文房具や教科書は隠され、捨てられた。登校してくると、机に汚物がなすり付けられていることも珍しくなかった。ゆかりさんは担任に相談したが、受験期だということもあってうやむやにされた。最後はクラスの過半数がいじめに加担していたという。

ある朝ゆかりさんが登校すると、上履きはトイレの汚物入れに捨てられていた。ロッカーの扉にもスプレーで「豚女」と書かれていた。教室に入ると、机にゆかりさんの体操着がガムテープで貼り付けられた。体操着は悪臭のする液体に浸かっていた。所々に茶色の汚物がくっついていた。黒板には大きく「ゲロブタ」「悪臭」「糞食い豚」と書かれていた。それをクラスの誰も見咎《とが》めなかった。関わりになるのを嫌ったのだろう。

「ゆかりさん、臭いからそれ何とかしなさい」

教師は目も合わせずに、そう注意するだけだった。

「臭い」

「臭い」

「臭い」

教室内には彼女の味方はいなかった。

ゆかりさんはその日から不登校になり、そのまま高校受験もできず、周囲を恨みながら命を絶った。

「本当のところを言うとね、ゆかりには悪かったとは思うけど、面白かったよ。だって、人をいじめるのって楽しいじゃない。もうこうなってくると、誰がいじめてもいい状態だからね」

過去のいじめの状況を語りながら美香さんは何度も笑った。

四月になった。ゆかりさんをいじめていたグループのリーダーだった亨子さんは、高校に入った途端に、体臭が強くなった。自分でも自覚できるレベルの腋臭《わきが》だった。理由は分からない。ただ腋《わき》からの汗が止まらず、白い肌着の腋が黄色く染まった。

更に突然自分の周囲に、ニラやニンニクなどの匂いの強い食材を食べた後のげっぷのような強烈な臭いが湧き立つ。しかもそれは狙ったように、混んだエレベーターや通学中のバスの中などに限って起こった。

亨子さんは華やかな雰囲気を持っていたが、ゴールデンウィークを過ぎた頃から、次第におどおどするようになった。ついには人前に出ることを嫌がって、学校も休みがちになった。

「臭い」

亨子さんには、周囲の人の目が、そう陰口を言っているように思えた。

――これは私があの子を臭いとなじったからだ。追いつめて自殺までさせたから、呪われたんだ。

夏休みを迎える前には、彼女は自分の部屋から出てこなくなった。

そしてある朝、母親が亨子さんの部屋のドアをノックすると返事がなかった。部屋から異臭がする。ドアを開けると、少女は首を吊って死んでいた。遺体はまだ腐敗していなかったが、部屋は一言で表現できないほどの酷い臭いで充満していた。

死後残されたノートには、自分の体臭に関する悩みと、この臭いはゆかりが自分達を呪ったせいだと、殴り書きのように書かれていた。

亨子さんの母親は自分の娘がいじめをしていたことを全く知らなかった。中学時代につきあいのあった友人達にノートを見せて、「ゆかりさんって誰？」と訊ねた。だが、誰も彼女のことを話す者はいなかった。

「どうする？」

「知らないよ。亨子は呪われたって書いてたけど、そんなことありっこないじゃん」

グループの少女達は、毎日のようにファミレスに集まって、亨子の死因を噂しあった。

しかし気が付いてみると、夏休みの間にその少女達の体臭も次第に強くなっていった。

「これ、呪い？」

「かも。ヤバイよ絶対ヤバい」

「あたし臭いの絶対嫌」

「……ゆかり、来た」

グループの一人の少女が、ぽつりと呟いた。

夜寝ていると、枕元にゆかりさんが立って、怒ったような顔で見下ろしていた。

金縛りで身動きが取れない。焦っても、わずかに眼球が動かせるだけだ。

ゆかりさんは少女にぐっと近づいて、タガが外れたような笑顔を見せた。

「あなた、凄く臭いね」

その表情に少女はぞっとして、動けないまま心の中で何度も謝罪の言葉を繰り返した。

「私とあなた、どっちが臭い？」

ゆかりさんはそう訊ねた。答えられずにいると、彼女は暴言を並べた。

「絶対許さない」

「匂いが取れないようにしてやる」

「あんたもいじめられて死ねばいいんだ」

最後に少女の顔に鼻が触れるほど近づけて、匂いを嗅ぐようにすんすんと鼻を鳴らして、嫌な笑顔を残して消えた。

その途端に汗がどっと出て身動きが取れるようになった。だがもうそのときには、汗の臭いが自分のものではなくなっていた。


「自分の身体が臭いの。どうしよう」

少女は半べそだった。身体を洗っても、どれだけ擦っても取れない。

見ればシャツから出ている白い肌に、何箇所も赤い擦り傷ができていた。それだけ強く擦ったのだろう。

「このままじゃ、亨子みたいになっちゃう」

「ゆかりの家に行って、謝るしかないんじゃない？」

だが、そうして訪れたゆかりさんの家は、既に引っ越していた。

少女達はパニックになった。

その翌朝、別の少女がゆかりさんが枕元に現れたことを告げた。

「話は大体同じ。で、ゆかりは、あたしのところにも来た」

美香さんは急に声を荒らげた。

「分かってんでしょ、あたしの臭い。酷いでしょ」

待ち合わせをしたときから、香水の臭いが鼻を突くことは気になっていた。美香さんは喫茶店に入るエレベーターの中で息が詰まるほどの香水を振りかけていた。

「お祓いをしても効かなかった。あのグループで今も生き残ってるのはあたしともう一人。グループでも下っ端だったからだと思う。でもこうやって香水を付けないと我慢できないぐらいの臭いなのね。もう一人も同じ」

高校を卒業して採用された仕事場でも、しばらくすると体臭のことが噂になる。名指しで「その臭い何とかならないの」と文句を付けられたこともある。

「あんたのその臭い、酷いよ。手術しなよ。みんなの迷惑だからさ」

香水を使うようになったのはその頃からだ。体臭は年々エスカレートしているという。

「でね、この話を誰かに話すと、臭いが少し治まる気がするの。相手に臭いが伝染ってるみたいな気がする。本当のところは分からないけど」

この半年後に再度話を訊かせてもらおうと連絡したが、彼女からは一切の返信がなかった。そもそもＳＮＳ繋がりの細い関係だ。本名も知らない。

そして彼女のＳＮＳは、現在更新が停止している。

職員室

由佳さんが通っていた学校の校舎の配置は、他に見たことのないものだった。

南に本校舎があって北に旧校舎がある。そこまでは普通だが、その二つの校舎の間に、職員室だけが収まった建物がぽつんと建てられている。

正直、生徒としては使いづらいことこの上ない。

ある日の放課後、理科の先生と雑談の間に、その学校の不思議な話に関する話題になった。最初はどの学校にも七不思議のようなものが伝わっているという話だったが、先生が不意に真面目な顔をして訊ねてきた。

「そういえばな、この学校の職員室って変なところにあると思わんか」

「確かに気になってました」

「それ、理由があるんや。職員室に日本酒があるの知ってるか？」

そうだったっけ。

記憶を手繰る。確かどこかに一升瓶二本が縛って置かれているのを見たことがあるような気がする。考えてみれば不自然な話だ。何で学校の職員室のようなところに日本酒が必要なのだろう。

「あれな、何でやと思う？」

商売繁盛？　厄除け？　それとも何か他に理由があるのだろうか。

「――分かりません」

「そうか。そんじゃ次や。職員室の奥のほうに、塩が盛ってあるのは知ってるか」

それには気付かなかった。素直にそう伝えると、先生は思案するような顔をして続けた。

「あのな、職員室の机の配置が変やと思わへんか」

再び記憶を手繰っていく。

誰もいない席がある。ような気がする。そういえばお酒が置かれているのもその席だった――ような気がする。

「生徒はあまり入ってきぃひんからあまり覚えてへんかもしれんけどな。お誕生日席っていうんか？　島になっている端っこに、使ったらあかん机があるんや」

ビンゴ。

「その席使った先生は死ぬんや。そやから酒も塩も置いてある」

いきなり何ということを言い出すのだろう。脅かすにしたって質《たち》が悪いではないか。

そう抗議すると、先生は真面目な顔で繰り返した。

「嘘やない。その席使うと死ぬんや。少なくとも一人亡くなってるし、もう一人も危なかったんや」


先生がこの学校に赴任して数年ほど過ぎた頃のことだったという。

四月に新しく赴任してきた男性の体育担当の先生が体調を崩した。容体はみるみる悪くなり、夏休み前には休みがちになった。

彼は二学期を迎えることなく亡くなってしまった。

更に、次に赴任してきた先生も、空いているという理由で、その席が割り当てられた。

他の先生の席は書類で山積みで、席替えをする訳にもいかない。

その先生も日に日に衰弱していった。

同じパターンだ。これは何かがおかしいのではないか――。

おかしいおかしいと先生の間で噂になった頃、心配した校長が、伝手《つて》を頼って女性の霊能者を呼んだ。彼女は職員室に入るなり、渋い顔をした。

「ここには強力な武者の霊がいます」

そこの席に座っているから、そこに他の人が座ると怒って祟ります。

強力な霊なので、祟ると生命に関わります。

ですから、その席は設置したまま空けておいてください――。

それ以降、職員室に酒を置いたり塩を盛っているとのことだった。

「初めて聞きました」

「そりゃ、他の先生は言わへんからなぁ」

「偶然じゃないんですか」

「俺も理科の先生やってるから、科学で説明できないことは信じたくないんやけどな」

先生は棚から何枚ものコピー用紙をテープで継いだものを持ち出して目の前に広げた。

「ええか。ここに古い地図の写しがあるんやけどな。ここ見てみ」

地図の一角を指差す。由佳さんにも、周囲の川の様子から、そこが学校の場所を指しているることが分かった。

「実はこの学校全体が刑場跡やねん。そんで、職員室の場所だけ建て替えられへんのよ。生徒が事故起こしたり、死んでしもたりしたらまずいから」

後日確認したが、職員室のその机には記憶通り日本酒が置かれており、うっかり座らないように、椅子も取り払われていたという。

タソカレ

船木さんから聞いた話である。

六月のある夜のこと、彼女と同じゼミの後藤君と鈴木君は、同じ学科に通う同期の武田君と一緒に肝試しに行ったらしい。

そのときは何か映ったら面白いと、武田君が手に入れたばかりのビデオカメラを持ち出した。彼は最近心霊ビデオにハマっていた。もし良い画が録れたら投稿してやろうという目論見らしかった。どうやらカメラも元々そのつもりで入手したらしい。

心霊関係の噂に心当たりがあるのは、車で一時間ほど行った山中にある廃神社だ。週末の深夜、車を持っている鈴木君の家に三人が集合した。

廃神社に到着すると、ビデオカメラとライトを取り出して参道を進んでいく。

武田君はビデオカメラを構える関係で、ライトはポケットに入れたままだが、他の二人は大型の軍用ライトを握っている。どうせなら撮影用にと、眩しいほどの光量のものを選んできたのだ。

「これさぁ、明る過ぎて幽霊とか出ないんじゃないの」

「光量下げられるから境内まで行ったら消すとかすればいいっしょ」

軽口を叩きながら歩いていく。廃神社とはいえ、そこまで荒れ果てている訳ではない。掃除が行き届いていないため、落ち葉でぐずぐずになっている場所がある程度だ。ライトのおかげもあり、あっけないほど簡単に境内にたどり着いた。

「明るいと怖くないんだなぁ」

「ここらへんだと、怖いのは熊でしょ」

確かに熊は幽霊より怖い。


武田君は境内の中をビデオカメラで撮影し始めた。ライティングは残り二人の担当だ。古びた鳥居。涸れ果てた手水場《ちょうず》。まだ残っているお社の土台。その後ろに広がる暗闇。一通り撮影したところで、ファインダーを覗き込んでいる武田君が声を上げた。

「あれ？　これ何だ？」

先ほどまでの即興のナレーションとはまるで違う声だった。彼はカメラを構えたままゆっくりと足を踏み出した。その後ろをライトを持った二人が神妙な顔でついていく。

「ちょっと前のところに藪があるだろ。あそこ照らしてくれる？」

武田君の足が止まった。ファインダーから目を離さずに前方を指差す。

二人は、指示された位置に光を向けた。ちょうどライトの光が重なったところに、藪から覗いている顔があった。

「誰かいるな……」

「お前らにも見えるのか」

眩しいほどの白い二つの円が重なった中央に、若い男の顔があった。その顔が無表情のままこちらに視線を向けている。

「すいません！」

声を掛けたが、表情が変わらない。

どうしよう。

本物の人間だろうか。

何故こんな時間にこんな場所に。

木の切り株か何かが人の顔に見えているのだろうか。いや、マネキンか人形の頭部がこちらに向けて置かれているのかもしれない。美容室にあるカット練習用の頭部。きっとあれだ——。

混乱した後藤君がそう考えていると、鈴木君が呟いた。

「顔の位置がおかしい」

確かに人間が藪の間から顔を出しているとしたら、その高さに顔があるのは不自然だ。今の状態なら地面に這い蹲《つくば》っているか、地面から直接生えていることになる。

だが、何度見返しても切り株などではない。明らかに若い男性の顔だ。

そうなると、やはり人形の類なのだろう。肝試しに来る物好きを驚かせようと、意地の悪い仕掛けを残していった人がいるのだ。

これは悪い考えではなさそうだった。それならそれで面白い画が撮れたということだ。

「あれさ、たぶん――」

後藤君が、人形だよねと口に出す直前に、その顔がすっと藪の中に姿を消した。

藪も揺れず、葉が触れ合う音も聞こえなかった。

「撮った……?」

「撮った。帰ろうぜ」

その言葉を合図に、三人はそのまま逃げるように境内を後にした。

帰りの車内で撮った映像を確認すると、その顔は動画の中にしっかり映っていた。

「これ、投稿しようぜ」

「おう。もう少し編集してから送ることにするわ」

船木さんは、後藤君からそんなことがあったのだと、話を聞かせてもらっていた。

そしてその話を聞いてから一週間後、彼女は後藤君から相談を受けた。武田君の行方を知らないかというのだ。

あまり直接話をしたことはないが、ゼミも近いし面識もある。

何が起きたのかと訊ねると、いつの間にか大学に退学届けを出していて、それ以来知り合いの間でも行方が分からないらしい。

何かあったのかと訊ねると、後藤君は、口ごもりながら顛末《てんまつ》を教えてくれた。

＊　＊　＊

「あのさ、俺のバイト先に新人が来たんだけど」

そのとき、武田君はやけに浮かない顔をしていた。

「何だよ沈んだ顔して。そのバイトと何かトラブルでも起こしたの」

「いや、トラブルって訳じゃないんだけどさ、先週肝試しに行ったじゃんか。あのときの藪のところに出た変な顔、覚えてるか？」

その新人の顔が、肝試しのときに見た顔そっくりなのだという。

新人は特に行動がおかしい訳でもないらしい。店長から頼まれたので、先輩として仕事を指導しないといけないが、気になって集中できず、大変困っているとのことだった。

「俺、ビデオで撮ってたし、編集してるときに何度も見てるから、見間違えるはずはないんだよね。そしたらさ――」

この数日、大学構内でもその新人バイトの姿を見るようになったのだと打ち明けた。話を振られた二人にとっては寝耳に水だった。大学であの顔を見た覚えはない。三人は幾つも同じ授業を受講している。もし例の顔を見たならば、すぐに気付くはずだ。

「武田さぁ、変なこと言って俺らのことをビビらそうとしているんじゃないの?」

鈴木君が揶揄するように嗤うと、武田君は押し黙ってしまった。


「武田、今日も来てないのか」

授業の前に鈴木君が後藤君の隣に座って訊いてきた。

あれから一週間近く武田君の顔を見ていない。

「お前がこの前あんなこと言って笑ったからだろ」

「そうかなぁ。でも信じられない話だったからさぁ」

「今日、あいつのアパートに行ってみないか。バイトのことで気落ちしてたりするかもしれないし」

二人は放課後に手土産を持って彼のアパートを訪ねた。手土産は鈴木君が金を出し、缶ビールとつまみの大袋を買った。彼なりに気にしているのだろう。

大学の最寄り駅から五分ほど歩いたところにある二階建てのアパート。一階の一番奥の部屋。

しかし、その部屋のチャイムを鳴らしても武田君からの反応がない。

代わりに顔を出したのは、痩せた老人だった。老人はアパートの管理人と名乗った。

「僕達武田君の友人なんですが、彼の部屋、ここで間違いないですよね」

「武田さんは、一昨日の夜に出ていかれましたよ」

そんな話は全く聞いていない。

「え、どこに引っ越したかとか教えていただけますか」

老人は首を振った。

「個人情報になるし、そもそも退去される側としては、転居先は教えてもらうものじゃないんだよ。こっちにしても急な話でね。本当は一カ月前には申し出てくれないと困るんだけど、最近の若い人は常識もないのかね」

虫の居所が悪いようなので、早々に退散することにした。

「武田に電話してみるか」

しかし、呼び出し音は鳴っても、電話口に出ない。

「バイト中かもしれないな。ちょっと行ってみるか」

彼のアルバイト先はそう遠くないファミレスだ。

しかし対応してくれた店長によると、彼は数日前にアルバイトも辞めているという。

「武田さんが仕事を放り出すようにして辞めていったので、何か事情があったのではないかと心配していたんですよ」

店長は表情を曇らせた。そこで先日武田君が話していた内容を確認することにした。

「最近、彼が新しいアルバイトの人とトラブルがあったという話は聞いていませんか」

店長は怪訝な顔をした。

「新人が入ったって、武田さんが言ってたんですか？」

店長によると、新しいスタッフはしばらくの間、採用していないという話だった。

武田君がバイト先に新しく人が入ってきて、仕事の教育を任されて困っているようでしたと伝えると、店長は他の店員を呼んだ。

「武田さんが新しいスタッフが入ったって、大学で友達に話してたんだって」

「いや、武田の穴埋めるのに早く新しい人が来てくれればいいんですけどね。僕、ここで今年の春からバイト始めたんですが、僕より後に入った人はいませんよ」

店員までもが武田君の話と矛盾した内容を聞かせてくれた。

二人は首を振りつつ、店を後にした。

翌日、鈴木君が授業前に来て後藤君に耳打ちした。

「あいつ、昨日付けで退学してた。事務所に挨拶には来たけど、ゼミの先生のところには顔出さなかったって」

「田舎に帰ったのかな」

「分からないな。何か事情あったのかな――」

＊　＊　＊

「――そんな感じで、もうお手上げでさ。船木も武田のこと何か知らない？」

「私は何も知らないけど、早く見つかるといいね。先生に相談して、実家の連絡先とか知らないかって訊ねてみても良いんじゃないかしら」

「うーん。それも考えてみる」

後藤君は礼を告げると、憔悴した顔で去っていった。

そのやりとりから、更にひと月ほど経った。前期試験の日程が公開され、試験準備にレポートにと慌ただしくなってきた。

「鈴木君ってさぁ、何か事情あったの？」

船木さんは同じゼミの人から話を振られた。一体何のことか分からなかった。訊き返すと、同じゼミの鈴木君が突然退学して、周囲の誰とも音信不通とのことだった。

虚を衝《つ》かれるとはこのことだろうか。同じゼミの人が理由もなく大学を去ったことがショックだった。いや、そういえば先月武田君も自主退学したという話だった。

良くないことが起きているような予感があった。

彼といつも一緒にいた後藤君なら何か事情を知っているかもしれない。

船木さんは彼に話を訊くことにした。


「その話、聞いたよ。あいつも退学してたんだってな。実は先週からあいつのバイト先にさ、肝試しのときの男が来たらしいんだ」

目の下に真っ黒な隈を貼り付けた顔で、後藤君はそう漏らした。

先日の三人の肝試しの話は覚えている。まだ武田君からは連絡がないらしい。

「鈴木はさ、武田から編集されたビデオのデータを送りつけられてて、何度もそれ見てるから間違いないって」

その顔をした男が、鈴木君のバイト先のスタッフとして入ったのだという。

——同じだ。

数日後には、鈴木君は大学構内にあの男がいると言い始めた。

——これも同じだ。

武田君のときと同じではないかと指摘すると、鈴木君は酷く狼狽《ろうばい》したという。

「あいつさ、授業中もこっちをじっと見てくるんだよ」

失踪前に、鈴木君は大学の構内で、その男性に何でこちらを見るのかと、文句を付けたらしい。

「鈴木は総菜屋で働いてたからさ、昨日その店にも行ってみたんだよ。そうしたらさ、あいつは新人のバイトが入ってきたって言ってたけど、店長は雇っていないって言うのよ」

——全部武田君のときと同じだ。

後藤君は洟《はな》を啜った。見れば涙を浮かべている。

「俺ら、肝試しに行ってさ、それからやばいことが起きている訳だろ？」

怯えている。

「肝試しに行った三人の中で、俺だけ残っているだろ。だから、次は自分のところに来るんじゃないかって思うんだ」

後藤君は、鈴木や武田のことはもういいよと首を振った。

「それより俺だよ。ほら、これ俺のアパートの住所」

彼は住所と電話番号の書かれた紙切れを船木さんに差し出した。

「俺はバイトしてないから大丈夫だとは思うけど、もし俺がいなくなっちゃったら、俺達に何が起きたか、船木しか知ってる人いないんだよ。何かあったらその住所に俺のこと確かめに来てよ――」

すがるような後藤君の言葉に、船木さんは背中の毛がそそけ立っていくような感覚を覚えた。

完全に巻き込まれている。

これはまずいことになった。船木さんは頭の中が真っ白になるのを感じた。


翌日から後藤君も大学に出てこなくなった。

試験期間だというのに大学に顔を出さない。このままでは留年だ。

体調を心配するメールを送ると、後藤君は船木さんに頻繁にメールを送ってくるようになった。殆どは他愛のない世間話のような内容だったが、その途中途中に不穏な言葉が混ざっていた。

〈隣の空き部屋に引っ越してきた奴がいるんだけど、まさかと思ったらあいつだった〉

〈いつもあいつとアパートの廊下ですれ違う。待ち伏せされているみたいだ〉

〈大学でも、こちらをずっと見てくる〉

たまらず返信する。

〈後藤君、大学って書いてるけど、一体あなたどこにいるの。今日はテストにも顔出さなかったみたいだけど〉

翌日、彼から届いたメールは、〈部屋から出られない〉というタイトルで、中には近いうちに実家に帰るかもしれないという意味のことが書かれていた。そして船木にも確認してもらいたいと、動画ファイルが添付されていた。

――来た。

不吉な予感に、彼女は届いた動画を観ないことにした。

武田君が肝試しのときに撮った映像を送りつけてきたのではないか。そう思ったからだ。

観てはいけない。観たら巻き込まれ確定だ。

しかし後藤君からは日に何度も催促のメールが届く。

〈船木さんもう添付したファイルは観ましたか〉

〈ファイルをすぐ観てください〉

〈早く観てください〉

〈観ないのはどうしてですか〉

メールの文章が、どんどん粗雑になっていく。

最後にはただ〈観ろ〉とだけ書かれたメールが何十通も届いた。

彼女は後藤君の携帯番号を着信拒否にし、メールも届かないように設定した。


後藤君の姿を見ないまま夏休みになった。

船木さんは渡された紙切れの住所を頼りに彼のアパートを訪れた。

案の定、部屋のドアノブには閉栓札が掛かっていた。

隣の部屋のドアノブにも、閉栓札が掛かっている。

神社にいた男など、現実にはいなかったのだろう。

彼女はそのことを確認するために、その足でアパートを管理している不動産屋に足を運んだ。素知らぬ顔で、例のアパートに空室があるかを訊ねた。

「つい先日、退去した人がおりまして、ええと。今なら二階は全部屋空いてますね」

「ここにくる前に、一度様子を見るために寄ってきたんですけど、二階の奥から二番目の部屋も空いてますか」

「空室ですよ」

「どれくらいの期間、空いてたんですか。最近までどなたか住まわれてましたか」

「んー。ここ数年ずっと空室ですね。大丈夫ですよ。一番奥の部屋はまだ手が入っていませんが、どの部屋もリフォーム済みですし、前の住民への郵便物も届いたという話は聞きませんから」


船木さんは不動産屋に礼を言って店を出た。

駅に向かう途中で、再び後藤君の部屋の前を通った。

そのときに、上のほうからぞっとするような視線を感じた。振り返ると、後藤君の住んでいた角部屋、そのすぐ隣の部屋の窓際に誰かが立って、こちらをじっと見ている。

船木さんは慌てて目を逸らし、振り返らずに家まで帰った。

夏休みが明けた頃には、もう後藤君は大学を自主退学していた。

彼から送られてきた動画ファイルは、消すのも怖かったので、今もそのままだという。

漁具小屋

携帯電話もまだ一般的ではなかった頃の話である。

その日、バイクツーリングが趣味の田中さんは、夏季休暇を利用して、ある半島の海岸線を南下していた。

幸い天気もよく、濃紺の海を横目に快適に愛車を走らせていく。

休日になるたびに愛車に跨《また》がり、気が向くままの一人旅というのが田中さんの学生時代からの趣味だ。大学に入ると同時に買った愛車に、十年近く乗っている。多少くたびれてきてはいるものの、整備は行き届いており、今日も快調なエンジン音を響かせてくれる。尻に伝わってくる振動も心地いい。

仕事でくさくさした気持ちも、風に吹かれているうちにどうでも良くなっていく。

陽射しは強かったが、元々夏を感じたくて海辺を走らせているのだ。田中さんは満足していた。

だが、午後に入ると急に雲が湧き上がり、薄暗くなった。

風も強くなってきた。もういつ雨が降り出すか分からない。

雨宿りできる場所があるとありがたいのだけれど。

防水袋に入れた荷物は雨にも耐えてくれるが、雨の中を走って身体が冷えるのは嫌だった。

どこかに適当な場所はないかと、焦る気持ちとは裏腹に、次第に人里から離れていく。

道は海沿いから一度山の中に分け入り、すぐにまた海沿いに出た。切り立った斜面が海のすぐそばまで迫っている。先ほどの気持ちのいい走りとは打って変わり、狭いくねくねとした道を気を使いながら進んでいく。とうとう雨がぽつぽつ降り始めた。

これはまずいと焦っても、一向に雨をしのげそうな場所が見つからない。コンビニすら見当たらない田舎道が続くばかりで、次第に不安がつのってくる。

坂を上り下りしていると、不意に景色が開けた。

暗灰色の雲の下、吹き荒《すさ》ぶ風で黒い海面に三角の白波が立っている。色のない砂浜が広がり、二隻の木造船が休んでいた。

風景は墨だけで刷られた木版画のようだ。

見れば、船の奥に粗末なプレハブ小屋があった。

今やシャツもズボンもずぶ濡れだ。これ以上濡れたまま走ると、身体が冷え切ってしまう。

雨宿りにあの小屋を借りられないだろうか。

そのとき、稲妻が光り、間髪入れずに轟音で地面が揺れた。近い。

田中さんは、這々の体で小屋にたどり着いた。壁にもドアにも潮で錆が浮いている。

「すいません！」

バイクから降りて、ドアに向かって掛けた声を、二度目の落雷が遮《さえぎ》った。ますます近い。

小屋の中にも周囲にも人の気配はなく、呼びかけても誰からの返事もない。

勢いを増した大粒の雨が、すぐにバケツをひっくり返したような雨になった。もはや屋外にいること自体に命の危険を感じる。

田中さんは荷物をバイクから引き剥がすと、それを抱きしめて軒先に身を縮めた。

夕立というには風雨ともに激しい。飛沫《しぶき》が容赦なく頭から降りかかる。

二輪車の最大の弱点は雨に弱いことだ。念のために天気予報は見てはいたのだが、夕立のことをすっかり失念していた。

いや、そもそも調子に乗り過ぎたのかもしれない。どのくらい先まで進めば宿があるかも、今となってはよく分からない。

荷物の中にポケット地図はあるが、今それを読んだところで雨が止む訳ではない。

雪隠《せっちん》詰めだ。

冷たく吹き下す風に晒されていると、不意に筋肉が激しく震えだした。

雨と風に体温を奪われ過ぎたのだ。今すぐ濡れた服を脱いで着替えなくては。できればこの中で雨宿りできれば助かるのだけれども――。

物は試しとプレハブ小屋のドアノブを回すと、鍵が掛かっていなかった。キイと音を立てて開いたドアの隙間から中を覗いたところ、薄暗い板張りの部屋の中に、網やロープ、ブイのようなものが置かれている。漁具を置く小屋として使われているのだろう。田中さんにとっては渡りに船だった。もしも無断で入ったことを地元の漁師に咎められたなら、事情を話して謝ればいいだろう。

緊急避難という言葉もある。

そう考えて、彼は室内に足を踏み入れた。

それにしても今が夏でよかった。午前中、太陽に炙《あぶ》られていた小屋の中は、まだ熱気が籠もっていた。

荷物のパッキングを解いて、中からタオルと着替えを取り出した。

着替え終えて携行食を口にする頃には震えも収まった。

人心地がつくと、外の様子が気になった。

小屋の窓に嵌《は》まった磨りガラスに土砂降りの雨が叩きつけられていた。嵐はまだ去りそうにない。

唸るような大風に激しい落雷の轟音が混じる。稲妻が光るたびに肝が縮む。夜まで小屋から出ることもできなそうだ。このままでは朝まで移動することも無理だろう。宿が取れる場所までどの程度の距離があるかも分からないのだ。

いつの間にか寝てしまったようだ。

窓から見える空は真っ暗だった。耳を澄ますと波の音が聞こえた。

雨は止み、風も吹いていない。

今夜はもうバイクを走らせるのは止めておくことにした。飛び込みで宿が取れるとも限らない。ここに泊まれば宿代が浮くという打算もあった。

明日早くに出ればバレないだろうし、よしんば見つかったとしても、嵐の中で具合が悪くなったといえば良いだろう。

嘘はついていない。

明日は陽が昇ると同時にここを出よう。

田中さんは再び横になった。

板の間の硬さに寝付けずにいると、何か重いものを引きずって砂浜を歩くような、ずっずっという音が聞こえてきた。

米俵のようなものに縄を掛けて引いているのか。

その音は潮騒に混ざって届いていたが、少しずつ少しずつ小屋に近づいてくる。

誰が来たのだろう。漁に出た人が戻ってきたのだろうか。

小屋の外にバイクが駐めてある。地元の者ではない何者かが小屋に入り込んでいるのは見れば分かる。

不審に思われているに違いない。

何かを引きずる音は、とうとう小屋のドアの前に至った。

こちらが小屋の所有者にとって不審者なのは分かっている。だが、万が一にもいきなり襲い掛かられてはたまらない。

田中さんは先手を取ることにした。

「すいません！　申し訳ありませんが、雨宿りさせてもらってます！」

ドアのほうを向いて声を張り上げた。

返事がない。その代わりにドアがノックされた。

田中さんは、先ほどの言葉を繰り返した。

やはり返事がない。なしのつぶてだ。何かがおかしい。

次の瞬間、どんどんどんと、力任せにドアが叩かれた。
どんどんどん。
狂ったような勢いで、繰り返しドアが叩かれた。
どんどんどんどんどんどんどん。
こうなると、もうドアを叩き続ける意図が読めない。まともな反応ではない。
田中さんは身の危険を感じてドアの鍵を掛けることにした。
足音を立てないようにして、そっとドアに近づいていく。
突然ドアを叩く音が止んだ。
さては誰かを呼びに行ったのだろう。もう警察でも消防でも来ればいい。
そのときはそのときだ。
田中さんがドアノブの内鍵を掛けようとすると、ドアノブ自体がゆっくり回り始めた。
このままでは得体の知れない相手にドアを開けられてしまう。
ぞっとした。
ドアの向こうの相手は何も喋らず、ゆっくりゆっくりドアノブを回転させていく。
田中さんは両手でドアノブを握ると、それを逆方向に回した。力比べだ。
相手の力が抜けた隙を狙って、内鍵のつまみを回した。軽い音がして鍵が掛かった。

がちゃがちゃがちゃがちゃ。

ドアノブが激しい音を立てる。狂ったような速度で左右にドアノブを捻っている。一体誰なのだろう。ただの人ではなさそうだった。この小屋を根城にしている人物だろうか。もし警察に通報されたら——いや、通報されたほうが今の状況よりもましだ。得体が知れない。不安になる。もしも窓が割られたら。もしも愛車に火を点けられたら。あり得ないような嫌なことまで考えてしまう。

がちゃがちゃがちゃがちゃ……がちゃ。

ドアノブを捻る音が突然静かになった。

続けてびしゃびしゃびしゃと水が注がれるような音が扉の外から聞こえてきた。

最初に思ったのはドアに小便を掛けられているのではないかということだった。

次に思ったのは、ガソリンを注がれているのではないかということだった。

しかし、すぐに異臭が鼻腔を刺激した。魚の腐った臭いを煮詰めたような強烈な臭いだった。胃の内容物が喉をせり上がってくる。

ドアの下の隙間を確認すると、黒い液体が流れ込んでいた。それが異臭の源だった。

液体は隙間からどんどん流れ込んでくる。

それが中心から隆起していく。

見る間に腰ほどの高さの黒い塊になり、それが蠢《うごめ》いて次第に人の形になっていく。

これは見てはいけないものだ。

直感した。この世のものではない。海からやってくる、人が関わってはならないものだ。

でも、何で自分は瞼を閉じられないのだろう。

嫌だ。嫌なのに視線を逸らすことができない。

もう表情が分かる。老人だ。いや本当に老人なのか。老人に化けているのか。

もしや髪の毛がないからそう感じるのか。

口元が嗤っている。口が耳まで裂けているかのような笑み。

何なんだよ。こっちに来ないでくれよ。

田中さんは、それに真っ黒な瞳があったところまでは記憶している。


どれだけ寝たのだろう。

気が付くと、視界が乳白色だった。濃い霧の中にいるようだった。これは意識が混濁しているからだろうか。

「おぉい。中に誰かおるんかぁ」

年配の男性の声だった。田中さんは大声を張り上げた。

「すいません！　雨宿りしてたらどうやら寝てしまったみたいでして！」

ドアの開く音に続いて、小屋の中から男性の声が聞こえた。

「お兄ちゃん。もう雨止んどるよ。気持ちいい天気になっているから、外に出るといい」

「すいません。ちょっと目が慣れないのか、視界が真っ白で、どっちがどっちだか……」

「あんた、何だい。何があったんだい。あんた——目ぇが真っ白だぞ」


視力を失った田中さんは、男性に頼んで救急車を呼んでもらった。

病院では末期の白内障と診断された。理由は不明とのことだった。

担当医には手術をしても視力が戻るかどうかは五分五分だと宣告された。

ただ、幸いなことにその後の手術で視力は少し戻った。しかし、もう田中さんは二度とバイクに乗ることはできない。

最近でも、あのときのことを夢に見て魘されることがある。

同じ夢を何度も見るが、あの顔をはっきりとは思い出すことができない。

ぴょんぴょん

田宮さんの勤める会社の目の前に、交通事故の多い交差点がある。年に何度かは事故があり、その少なからぬ割合が人身事故だ。

あるとき社員の間で、その交差点の中に、ぴょんぴょん跳ねる黒い人影がいるという噂が立った。話によると、真っ黒な人型のものが、両手を太腿の側面に付けたままの直立不動、つまり気を付けの姿勢でまっすぐ飛び跳ねているらしい。

死亡事故が二件続いた後からそんな噂話が出たのだが、田宮さんは全く信じていなかった。そもそも怪異などあるはずがない。そんなものは子供騙しの作り話に決まっている。

「お前らが怖がるから変なもの見るんだよ」

そう嗤って、噂する社員のことを小馬鹿にしていた。

「幽霊の正体見たりって言いますからね。正直、基本的には今もその立場のつもりではあるんですけれども」

だが、あのときのあれは今でもよく分からない。

そう前置きして田宮さんは話を続けた。

ある朝、昨夜の残り仕事を片付けようと、田宮さんが早めに出社すると、会社のエレベーターのドアの前に男性がいた。彼はエレベーターを待つようにドアのほうを向いて、気を付けの姿勢のままぴょんぴょんと跳ねていた。

年の頃は四十代後半。いや、もう五十代かもしれない。髪にだいぶ白いものが混じっている。

まだ始業前のだいぶ早い時刻だ。

何かそういう病気を持っている人だろうか。

会うたびにいつもぐるぐる回っている子供なら親戚にいる。何の病気か正確には知らないが、何か脳の病気なのだと聞いた覚えがある。それと類似の病気を患っているのだろうと考えたのだ。

「あの、——どうかなされましたか」

このまま放っておくのもどうかと思ったので、田宮さんは声を掛けた。

田宮さんから声を掛けられて、男性は突然飛び跳ねるのを止めた。くるんと振り返ると、ぎょろりとした目で田宮さんを一瞥《いちべつ》して、すうっと姿を消した。

驚いたのは田宮さんだ。こんなことは人生で初だ。

気のせいだと考えることにしたが、男性のしょぼくれた猿のような顔は忘れられない。自分の目を信じるなら、あの男性は消える瞬間まで、普通の生きている人間だった。あれが幽霊なら、生きてる人の中に混ざっていても見分けが付きっこないではないか。

足元がおぼつかなくなるような感覚。世界の裏側を不意に見てしまったような居心地の悪さ。しかもそれ以降、田宮さんは黒い人影も見えるようになってしまった。

確かに会社近くの交差点では、二体の黒い影が気を付けの姿勢で小刻みに跳ねていた。昼といわず夜といわず、交差点の中で無言のまま跳ね続けている。その交差点だけではない。他にも乗換駅のホームの端で、何度も線路に飛び込み続ける影や、アパートのドアの前に立つ影が見えることもある。

気のせいとするにはくっきり見える。しかし何年も経った今でも、正直に言えば受け入れられない。受け入れたくもない。

ある日の昼、田宮さんは後輩と食事に出かけた。ビルから一歩踏み出したところで、歩行者信号が青に変わるのを待つ。

「最近、お化けのことを否定しませんね」

「俺も大人になったんだよ」

「何ですかそれ。あ、今日も跳ねてます」

後輩にも見えるらしい。田宮さんにも見えているが、それは口に出さない。

そのとき、交差点にふらつきながら入ってきたハイブリッドカーが、急に速度を上げた。

そして、黒い影二体を巻き込んで、田宮さん達の待っている歩道のガードレールに突っ込んだ。

アクセルとブレーキを間違えたのか。

車から運転手が出てこない。後輩がその車に向かって駆け出した。田宮さんもその後を追った。

——これは逝ったかもしれないな。

誰かが通報したのだろう。間もなくパトカーと救急車が来た。

運転席から担ぎ出されて担架に乗せられた男性の顔を見て、田宮さんははっとした。その男の顔は、紛れもなくエレベーターの前で跳ねていた男性のものだった。

「先輩、あの人ダメかもしれませんね」

「ああ」

後輩の言葉にそう返すのが精一杯だった。

頭が混乱していた。あのしょぼくれた猿のような顔を見間違えるはずはない。しかし何で。説明が付かないではないか。

「――悪い。俺昼飯食えそうにないわ。一人で行ってくれるか」

「僕もこんな時間だし、もう戻ることにします」

見ると、後輩も真っ青な顔をしていた。

後日、その男性は病院に運ばれたけれども、手当ての甲斐なく亡くなったと聞いた。

交差点の影はその事故以来見えなくなった。

田宮さんにはまだ時々この世のものではないものが見えている。

ただ、それは周りには秘密なのだという。

押し入れ

奈恵さんはハウスクリーニングの仕事をしている。そのうち何割かはマンション管理会社からの委託による、住人が退去した後の清掃である。

もちろん除菌スプレーを撒くだけなどという楽な仕事ではない。

多くの住人は住居をそれなりに綺麗に使って退去していく。しかし一部の住人の退去後は、特殊清掃にも近いような状況だという。


奈恵さんが仕事を始めてから二日目に、先輩と二人で担当した部屋は、三階建てのマンションの三階の部屋だった。事前に資料として渡された間取り図によると、２ＤＫでバストイレ別。手前側に八畳のダイニングキッチンがあり、奥には六畳の和室が横並びで配置されている。

鍵を開けて入った瞬間に、息を飲んだ。

雰囲気が異様だった。すぐに出ていきたくなる暗さ。

しかし仕事として引き受けている以上、まずは何でも手を付けなくては始まらない。

先輩と二人で仕事の分担と段取りを決めた。先輩は水周り、奈恵さんは和室から清掃を開始することになった。

襖が開いていたので、右の和室は奥まで見渡せた。突き当たりの窓ガラスは濁ったように汚れているようで、やけに白く曇っている。

足を踏み入れると、天井といわず壁といわず、赤黒いインクを散らしたかのような染みが飛んでいる。

明らかに血痕だった。

一応隣の部屋も確認をしておこうかと襖を開くと、そちらにも同じような赤黒い染みが飛び散り、壁には刃物か何かで引っ掻いたような傷が何本も走っている。

天井からは埋め込まれているはずの引っ掛けシーリングが外れてぶら下がり、照明器具のプラスチックパーツも割れている。

あぁ。ここで首を吊ろうとしたんだな。

どんよりと暗い気持ちになっていく。しかし先輩はてきぱきと仕事を進めている。

そうだ。仕事仕事。

「先輩、この部屋って何か曰く付きですか？」

確認しないと心が落ち着かない。

「あー。辛うじて事故物件じゃないのよ。お母さんとお子さんが住んでいて、お母さんがノイローゼみたいになっててね」

先輩はこの部屋に、以前一度清掃に入ったことがあるとのことだった。

まだ居住者が住んでいるままの状態で、管理会社のほうから、部屋の状態があまりにも酷いから、清掃に入ってくれと依頼されてのことだという。

「あたしもこの仕事長いけど、そんなのはこの部屋だけだね。前の住人もおかしかったしね。ここに住み始めると、みんなおかしくなるらしいのよ。管理会社も知ってるはずなのに言わないのよね。本当に呪われているんじゃないかしら」

先輩はけらけらと笑った。その笑顔が頼もしい。

ともあれ生きて退去しているという話なので、ほっとはしたものの、部屋には自殺未遂の痕跡がやたらと目に付く。

「そうそう。この間退去した人と、たまたまばったり会っちゃってさぁ」

前の住人は先輩の家のすぐそばに引っ越してきたらしい。

「最初はすいませんでした、みたいな話をしてたんだけどさ、ここがいっちゃっている人だからねぇ」

先輩は自分のこめかみを指差した。

「途中で凄く興奮しだして、全然死ねなかったって食ってかかってきたのよねぇ」

指折り数えながら自殺の方法を列挙すると、あれでもダメだった、これでもダメだった、何で自分が死ねないのか教えてほしい。何なら殺してくれとまで言って迫ってきたという。

「そりゃ大変でしたね」

奈恵さんは血糊の散った押し入れの襖を開いた。

開けた押し入れの上の段に、白黒の和装の女が正座していた。ボサボサの髪に着崩した着物。年の頃はまだ若いように思えた。

うなだれてぶつぶつと何かを呟いている。

あ、これだ。これがノイローゼの原因だ。

奈恵さんは確信した。

先輩は見えていないから笑っていられるのだろう。

今、奈恵さんは、次の住人が退去して清掃に呼ばれたときに、また部屋が同じ状況になっていないと良いなと考えている。

ヤクザビル

繁華街の交差点に面して建つ、派手な外観のそのビルは、通称をヤクザビルといった。ビルの地下にはパチンコ屋が入っており、地上階にはゲームセンター。二階より上はカラオケルームやテレクラなどが入っている。事実関係は不明だが、噂ではヤクザの持ちビルで、それぞれのアミューズメント施設もその組が経営しているとのことだった。

客層は推して知るべし。

熊倉さんは、引っ越してきて以来、ヤクザビルの地下にあるパチンコ屋の常連だった。最初は特に理由があって常連になった訳ではない。しかし店員にも客にも次第に顔見知りが増えていくと少しずつ愛着も湧いてくる。勝ち負けでいけばトントンか少し負け。それでも大負けはしない。相性みたいなものがあるのだろう。

だから客層があまり良くないということに不満があっても通っているのだ。

通い始めて一年と経たずに、この店で自殺騒動に行き遭うことがあった。以前引っ越してくる前に通っていた街では、パチンコ屋で自殺があったという話を聞いたこともなかったので、最初は驚いた。が、それは二度三度と続いた。

他の常連からは、皆パチンコで行き詰まってトイレで首を吊るのだと聞いた。理由は怨恨——なのだろう。パチンコに玉と金と人生を飲み込まれてしまって、再起することもできずに、最後に恨みをなすり付けるようにして死んでいくのだ。


ある日のこと、熊倉さんが遊んでいると、後から来て隣に座った中年の男性客が大当たりを引いた。

しかし当たりは単発だった。ドル箱一杯の玉を抱えて、彼はその台を打ち続けた。箱の半分ほどを注ぎ込んだ頃には、その客のイライラした感情が熊倉さんにも伝わってきた。何度もリーチを繰り返すが、当たりに繋がらないのだ。

途中からは、畜生ふざけんな、何で当たらねぇんだよと声に出し始めた。

そんな文句を耳にしていると、横で遊んでいても嫌な気持ちになる。しかし、この店の客にはよくある話だった。同情しない訳ではないが、むしろ気に障るほうが大きい。

——おっさん。引き際を読み違えたあんたが悪いよ。

熊倉さんは顔に出さずに心でそう斬り捨て、荒れている様子を気にしないことに決めた。

ほどなく玉が尽き、最後の当たり抽選が終わっても、隣の中年男はレバーに手を掛けたままうなだれていた。

こういう手合いは、持ち金を使い果たしたと相場は決まっている。場合によっては他に使うために必要な金にまで手を付けていることすらある。

そのとき、島端から黒いスーツを着た頭頂部の髪が薄い男性が近づいてきた。歳の頃は隣の男性と同じ程度。彼はうなだれた中年男性の横に立つと、その肩をぽんぽんと叩いた。

すると、男性はふらつくようにして立ち上がり、男と一緒に通路を歩き始めた。その間ずっと、中年男の肩に手を乗せたままだった。

気になった熊倉さんが目の端で追うと、二人はトイレに入っていった。

ああ、そうか。

二人は知り合いなのだろう。連れションかもしれない。負けているのが傍目にも分かったから、もうこれ以上傷口を広げないようにと、タイミングを見て誘ったのか。

色々なことを想像するが、二人は一向に戻ってこない。

かといって、自分の打っている台の世話も忙しく、ずっとトイレの出口を見ている訳にもいかない。きっと出てくるのを見落としたのだ。もうとっくに二人で店を出たのだろう。

そんなことを思っているうちに、自分の台に大当たりが来た。

同時に、トイレのほうから叫び声が聞こえた。

「ちょっと店員さん！　早く来て！　トイレやばい！」

店員が何人も駆けていく。興味はあったが、熊倉さんは当たりが続き、ドル箱を積み始めた。こうなると台を離れる訳にはいかない。

しばらく経つと警察官が入ってきて、トイレの前に規制線を張り始めた。

――うわ。ガチかよ。


当たりがひと区切り付いたので、台に溜まっている玉をドル箱に落としてジェットカウンターまで運ぶ。カウントの結果、今日はわずかに勝ち。

そのまま休憩所でコーヒーを啜っていると、トイレからシートを被せたものが担架に乗せられて運ばれていく。あのシートの下には遺体があるのだ。

不思議な気持ちだった。

それにしても、いきなりトイレで首を吊るなんてことがあるのだろうか。

さっきのおっさんが首吊ったとして、普段からロープなんて持ち歩いているものか。

いや、さっきのおっさんとは限らない。何せ連れがいたのだ。色々と思いを巡らしていると、横で老年の常連が興奮した口調で仲間に話していた。

「いや、個室の中からドンドンドンって大きな音がするから、中で誰か扉を叩いてるのかと思ったらさぁ、あれは蹴ってたんだね。荷物掛けにロープ掛けてたって」

そこまで聞いたところで、もうその日は続けて打つ気持ちも萎えてしまった。

後日、店員から話を聞くと、自殺したのは、やはり熊倉さんの隣に座ってうなだれていた中年男性だとのことだった。


それがあってから半年ほど経った頃、大当たりをしている熊倉さんの後ろを、見覚えのある男性が通っていった。

頭頂部が薄い。スーツ姿。そのスーツは真っ黒だ。

あぁ、これは礼服――いや、喪服か。

そう思い至った瞬間に、全身に鳥肌が立った。慌ててその男性の後ろ姿を目で追う。確かに記憶にある男性に間違いない。頭頂部の肌が薄い髪に透けて見えた。

男性は台の前に座っている若い男の横に立つと、その肩を叩いた。若者は促されるようにすっと立ち上がり、男性とともに通路を歩き始めた。

二人が熊倉さんの後ろをゆっくり歩いていく。

「あんだけ突っ込んで出ねぇなんて詐欺だよな」

若者が喪服姿の男に、しきりと話し掛けている。

先日の自殺騒ぎの前に、同じ男性を見たことが心に引っ掛かっていた。熊倉さんは好奇心を掻き立てられた。ちょうど大当たりも終わっており、そろそろ一休みしたかったこともある。

台にライターを置いて、二人の後を追うことにした。

通りがかりについでに若者が先ほどから打っていた台を見ると、やはり台に玉は一つも残っていなかった。

熊倉さんがトイレに入ると、スーツの男と若い男の二人が個室へ入っていくのが見えた。

カチャリと鍵の掛かる音がした。

そのまま様子を窺っていると、その個室のドアが激しく叩かれた。

——荷物掛けにロープ掛けて吊ってたんだ。

先日の常連の話と同じではないか。

これはまずい。熊倉さんはトイレを飛び出した。

「トイレで首吊ってるぞ!」

店内で声を上げると、店員が慌てて走っていった。

しかし自分は第一発見者だ。このまま帰る訳にもいかないだろう。かといって、台に戻って打ち続けていてもいいものだろうか。

迷った末に仕方なく、店員に告げて玉数をカウントしてもらうことにした。

そうこうしているうちに、警察が到着して規制線を張り始めた。

やはりシートを被せられた遺体がストレッチャーで運び出されていく。

あれ？　あのスーツのおっさんは？

一人しか出てこないのはおかしい。二人で個室に入っていったのだ。今まで鍵の掛かった個室に遺体と一緒にいたのなら重要参考人だろう。

第一発見者として事情を聴取されているときに、二人で個室に入っていったのを見たと話した。

しかし、そんな人は誰も見ていないという返事だった。

後日、防犯カメラの映像にも、若者一人が入っていく姿しか映っていなかったと聞かされた。

もし店員を呼ぶよりも先に、自分が直接個室のドアを開けたなら、あの若者を助けられただろうか。

いや、自分には鍵の掛かった個室を開けるような技術はない。

それなら声を掛けて自殺を思いとどまらせることはできただろうか。

自殺だと分かったのは、彼が断末魔にドアを蹴ったからだ。

たとえ自分が個室の前にいたとしても、若者が死んでいく音を聞いている以外にできることはなかった。だから仕方がないのだ。

これは仕方がないことだったのだ。


その後二年の間に、店内であのスーツ姿の頭の薄い男性のことを二回見かけた。そのたびに例外なくトイレで自殺者が出ている。パターンはいつも同じ。スーツ男は玉がなくなった客のところにやってきて、肩をぽんぽんと叩き、二人でトイレに入っていく。

邪魔をしてやろうと思ったこともあるが、何故かスーツ男が現れるときに、熊倉さんは大当たりを引いていて席を離れられない。

他人の死よりも自分の出玉。

それは仕方ない。だって仕方がないじゃないか。誰が自分を責めることができるだろう。

自殺騒ぎが起きるたびに、熊倉さんは何度も自分に言い聞かせた。

自分は悪くない。悪いはずがない。だって、俺に何ができる。

だが熊倉さんは、スーツ男を四回目に見て以降、パチンコ屋には二度と行かないことにした。

警察が来るまでの間、トイレの前で待っていると、スーツ男がトイレから出てきた。

このときは、いつもと違い、男は人混みをすり抜けてまっすぐにこちらに近づいてきた。

一体何をされるのかと緊張していると、彼は目の前に立ち止まった。

こちらの顔をじっと見て、小声で「今度」と口にした。そして横を通り過ぎていった。

通り過ぎるときも何か言葉を続けていたが、それが何かは店の騒音にかき消されて耳まで届かなかった。振り返ると、もうスーツ男の姿はなかった。


何が今度なのか。今度は自分が次のターゲットなのか。

この店がいけないのか。そもそもパチンコをすること自体がまずいのか。

考えに考えた末に、熊倉さんはパチンコを〈卒業〉することにしたのだという。


なお、その後ヤクザビルはビルごと売りに出されたようで、今は飲み屋が複数店舗入っている。ただ、以前パチンコ屋が入っていた地下だけは、未だに板を打ち付けられて閉鎖されたままだ。

俺は悪くない

若い頃に長野さんがアルバイトをしていたキャバレーには、近隣に縄張りを構える組の人達がよく遊びに来た。

その中に、ホウゲンさんという、いつも身なりをきちんとした伊達男がいた。ホウゲンが苗字なのか名前なのか、それともニックネームなのかはよく分からなかったが、周囲からはいつもその名で呼ばれていた。

先輩からは、〈彼は若頭補佐で、近いうちに若頭に取り立てられるだろう〉と説明を受けた。つまり、組の中でも実力者ということだ。

ホウゲンさんは一介のアルバイトにすぎない長野さんの顔も覚えてくれていた。口が巧いところが気に入ったらしい。

彼は店にお気に入りのスタッフがいると、よく小遣いをくれた。五千円札か千円札数枚。機嫌が良いときは一万円札を渡してくれることもあった。

「いいから取っておけ。碌なもん食っちゃいないんだろ」

そう言って笑った。

ある晩は、そんな彼には珍しく酷く虫の居所が悪かった。懇意にしてもらっている女の子達も、普段の様子と勝手が違って戸惑うほどだった。

とにかく強い酒を持ってこいと指示して、後先考えずにガバガバ飲む。ボトルを数本空にすると、とうとう酔い潰れて寝てしまった。

長野さんには自棄酒を呷っているように感じられた。

何か嫌なことでもあったのだろう。それにしても、店ではいつも落ち着いてにこやかな顔を見せている伊達男が、こんなにも前後不覚になるような出来事とは何だろう。

だが、詮索しようにも自分とは住む世界が違い過ぎて想像が追いつかない。

こんな姿を見るのは店長も初めてだという。

店長は、何があったのかしらねぇと困った顔をした。

「長野君。この人送ってあげられるかしら。いつも車で来ているけど、今日はこんな状態で店を出す訳にはいかないでしょ。事故っちゃう」

自宅を知らないからと断ろうとすると、事務所までで良いと言われた。それなら車で十五分ほどの距離だ。そこから先は組の若い者が何とかしてくれるという算段だろう。

席でいびきをかいているホウゲンさんに、車を代行して送っていきますからと声を掛けた。すると焦点の合わない目で酒を持ってこいと言われた。呂律《ろれつ》が回っていない。

店長が「閉店ですから今夜はここまでですよ」と声を掛けた。

だが、ホウゲンさんは激昂した。

「俺は悪くねぇんだよ！」

事情は分からないが、何かで悪者にされたことが腹に据えかねているのだろう。

大声で喚くホウゲンさんを店長がなだめた。しばらくして落ち着いたのか、ふらつきながら店を出ていこうとする。長野さんもその後を追った。

「長野君が送ってくれるのかぁ。悪ぃなぁ。今度小遣い弾むからよぅ」

彼は、「どうぞよろしくお願いします」と頭を下げた。


ホウゲンさんの車は、左ハンドルのスポーツカーだった。

「俺は悪くねぇ。俺は悪くねぇんだ」

助手席でうなだれて、しきりと首を振る。

まだ未明の時間帯で、車通りは皆無だ。たまたま引っ掛かった信号を待っていると、後ろから車道を走る人影が近づいてきた。最初は酔っ払いか何かかと思ったが、考えてみれば抗争団体がホウゲンさんの命を狙っているという可能性もある。

巻き込まれるのは嫌だった。長野さんは車を急発進させた。アクセルをベタ踏みするとシートに身体が押し付けられた。

それに気付いたか、人影は走る速度を上げ、振り切ろうとする車の速度に追いついてくる。メーターを見ると三桁を示している。

人影はそれに追いすがってくるのだ。人の走る速さではない。

急発進に何事かと思ったのだろう。ホウゲンさんが背後を振り返り、叫び声を上げた。

「あいつ振り切れ！」

顔が青ざめている。

人影はついに助手席側の窓を並走し始めた。いかつい中年男だ。短距離選手のように力強く腕を振りながら笑顔を浮かべている。その姿にホウゲンさんが叫び声を上げた。

その声を皮切りに、男の顔が見る見る間に爛《ただ》れて皮膚が剥がれていく。

「俺のせいじゃねえ！　俺は悪くねぇんだ！」

ホウゲンさんは繰り返し叫び声を上げた。

結局、その人影を振り払うために夜の国道を延々飛ばし続けた。振り切ったのは明け方だった。最終的にホウゲンさんの指示で、彼のマンションの前に届けることになった。

その日から彼は一度も店に顔を出していない。店長が緘口《かんこう》令でも敷いたのか、彼がどうなったかについては、その後、店では一度も話が出たことはなかった。

コインロッカー

高田さんは二十代前半の頃に、キャバレーで黒服のバイトをしていた。

ある年の夏、店の常連の河合さんから声を掛けられた。

彼は五十代後半の男性で、口調も丁寧で店員にも親切だ。職業は土建屋の社長らしい。

しかし高田さんには、すぐに〈その筋〉の人間と分かった。言葉の端々に、時折覗かせる暴力の臭いと、彼が時々引き連れてくる若い男達の服装がそれを物語っていた。


「高田さん、高田さん」

河合さんの呼びかけに、愛想よく何でしょうかと答えると、河合さんは相好を崩した。

「実は、いいアルバイトがあるのですが、やってみる気はありませんか」

聞けば高田さんのことは、店長からも推薦を受けているという。ただし条件としては普通免許を持っていることと運転の経験があること。運転以外には先方での軽作業で、期間はふた月の間に四、五回だという。要は指定された日の深夜に、運転手と軽作業をしてほしいという案件だった。

「高田さんのことは、この店に入ってきてからずっと見ているし、あなたは口も堅そうだしね。山下から仕事振りも真面目って聞いているから、是非手伝ってほしいと思いまして。どうでしょう。バイト代も弾みますよ。あと、その仕事のあった当日と翌日は、ここの仕事は免除するって山下も言ってくれていますし――」

山下とは店長の苗字だ。店長の名前が出たことで、これは断ることのできない案件なのだなと理解した。

「店長から了解が出ているのでしたら、喜んでお手伝いさせていただきます」

鬼が出るか蛇が出るか。どちらが出てもまともな仕事ではないに決まっている。

それから一週間ほどして呼び出されたのは、ある建設会社の資材置き場だった。ライトバンが一台停まっており、河合さんが待っていた。

「今晩はよろしくお願いします。この車でも運転大丈夫ですよね」

河合さんが同行するという三人を紹介してくれた。この蒸し暑い中でも長袖の作業服を着ている年配の二人が神田さんと飯田さん。あとは加藤君というまだ十代の男性。彼も高田さん同様、今回初めて参加するとのことだった。

「目的地は少し離れた山の中ですけど、神田さんに案内してもらえますから、それに従ってください。あと、その場所には今後何度か行くことになりますけど、道順はなるべく覚えないでください」

河合さんがどのような意図でそう言っているのかは、高田さんには判断が付かなかった。

助手席に座った神田さんの指示通りに車を走らせる。高速道路に乗ってしばらく走り、サービスエリアで一度休憩。インターを降りて更に下道を走った。県を二つ越えた先で山の奥へと入る道に折れて、それからは一本道。

「この仕事、一体何なんですか」

想定より遠くまで移動したのだろう。加藤君がそわそわしている。

「ああ、後で少し作業の説明をしますから。あまり心配しなくていいですよ」

リーダー格の神田さんが答えた。

深夜に到着した山中で、車を駐めるように指示されたのは林道の途中の待避所だった。目の前のガードレールには何度も擦った跡が付いている。ガードレールの先は谷になっているようだ。夜ということもあって崖の高さは分からない。

「はいこれ。高田さんと加藤君に軍手とヘッドライト。軍手しておかないと、怪我して酷いことになる場合もありますからね。あと、これ後で回収しますから」

言われるがまま、手渡されたヘッドライトを頭に巻いて軍手を手にはめる。

「ここから先は、この車の後ろに積んでいるビニール袋を一緒に運んでもらいます。重いですから腰とかやらないように気を付けてください」

神田さんはヘッドライトを点灯させた。

荷台のトロ箱から口を縛った黒い厚手のビニール袋を持ち上げると、両手に提げて林道を先に進んでいく。

残りの三人も袋を手にした。ずしりと重い。

誰も言葉を発さずに、神田さんの後ろをついていく。提げ手が手のひらに食い込んだ。

高田さんは仕事の内容を理解した。これは何か違法なものを不法投棄するのだ。一体この中に入っているものは何だろう。袋は何枚も重ねてあるようで、中は見えない。

中身を訊ねたところで教えてもらえるはずはなさそうだった。それ以上に、答えを聞いたら後悔しそうなものが入っているような気がした。

しばらく歩いていくと、神田さんがガードレールの隙間から崖側に入った。藪を突っ切るように進んでいく。獣道なのだろう。土がむき出しで滑りやすいから気を付けるようにと声を掛けられた。

そろそろと遅れないように歩いていくと、不意に十畳ほどの広場に出た。古い家電製品やタイヤが置かれている。やはり不法投棄だ。

その広場の端にある笹藪から、場違いなコインロッカーが姿を覗かせている。鍵はどれも引き抜かれていた。

鍵が掛けられているということは、中に何かが入っているのだろう。

「それじゃ皆さんも、袋をここから谷に投げ落としてください」

神田さんの声に従って、加藤君が袋を放り投げた。高田さんも従った。岩に当たったり樹に引っ掛かって、ビニール袋が裂けてしまわないだろうかとも思ったが、それはどうでもいいようだった。

結局その夜は三往復した。

明け方になるよりも前に、全ての袋を谷底へと落とし終わった。

作業を終え、獣道をたどって車まで戻る途中のことだった。

高田さんは地面のむき出しの土に混じって、ヘッドライトの光を反射するものが落ちているのに気付いた。見ればコインロッカーの鍵だ。どうしようかと一瞬迷ったが、彼は広場のロッカーは、全て鍵が掛かっていたことに思い至った。

もしやあの中には、表に出せない金か、それに近い何かが隠されているのではないか。幸いなことに自分は最後尾を歩いている。これを拾うために腰をかがめても、先行の三人には気付かれない。気付かれたところで靴紐を結び直したとでも誤魔化せばいい。

高田さんは鍵を拾い上げると、素早くポケットに忍び込ませた。

「御苦労様でした」

神田さんはヘッドライトと軍手を回収すると、助手席に乗り込んだ。

帰りの車中では、年配二人の会話に「野生動物が処理してくれるから」という発言が混じったが、高田さんは運転に専念して、何も聞かなかったことにした。

資材置き場に帰り着いた頃には日が昇っていた。

別れ際に神田さんから今夜のアルバイト代だと茶封筒を渡された。

「高田さんは運転手代と作業代になります。加藤君は作業代だけになりますが、どうぞまたよろしくお願いします」

明け方の牛丼屋で朝飯を待ちながら封筒の中身を確認すると、店での一週間分の給料に相当する金額が入っていた。彼はズボンのポケットから、拾った鍵を取り出した。

柄の部分からはプラスチックの赤い円盤がぶら下がっており、それには白いアラビア数字で28と番号が書かれていた。

駅に置かれているような、コインロッカーに使われている鍵だ。

きっとあの広場のロッカーの鍵に違いない。何故か確信できた。


河合さんのアルバイトがあった晩と翌日は、休みにしてもいいと確約を貰っている。

高田さんは帰宅した翌日早朝から、あの不法投棄をした場所まで行くことにした。

もちろん昼間に決まっている。夜に獣道に一人で入る勇気はない。それに仕事もある。

知り合いに車を借りて、記憶を頼りに目的地を目指す。同じ道だと理解していても、夜と昼とでは勝手が違う。高田さんは傷の入ったガードレールのある待避所を探して林道をゆっくりと移動していく。

たぶんここだろうという待避所を探し当てて車を駐めた。林道に入ってからは人の姿を見かけていない。このまま駐車しておいても大丈夫だろう。

しばらく歩くと、ガードレールの切れ目の周りに、真新しい赤土がこびりついていた。

——今夜には雨が降るっていうから、明日だと、もう分からなくなっていたかもなぁ。

赤土むき出しの獣道に分け入って進んでいく。両脇の藪の中にタイヤが積まれているのが目に入った。積まれたタイヤには火で溶けた痕があった。

更に進むと藪が途切れた。家電品に積まれたタイヤ、そしてコインロッカー。放り投げた袋の中も気になったが、今回の目的はそれではない。

扉に書かれた番号を確かめる。探し出した扉の鍵穴に鍵を差し込んで捻ると、中でがちゃりと音がした。

一体何が入っているのだろう。空っぽの可能性が一番高いはずだが、札束が入っているかもしれない。金塊ってのはどうだ。もしかしたら覚醒剤などの薬物かもしれない。

様々な想像を巡らせ、ゆっくりロッカーの扉を開けた。

中を覗くと、ボックスには切り取られた人間の右腕が入っていた。

肩から無造作に外した腕を、関節の曲がる方向なども考えずに、ロッカーのボックスに無理やりねじ込んだように見えた。手のひらの形から右腕だと分かった。

これはダメだ。やばいものを見つけてしまった。血の気が引いていくのが分かる。

あいつら、バラした死体をロッカーに詰めてやがった。

高田さんは、音を立てないようにそっとロッカーの扉を閉めると、そのまま鍵を捻って外そうとした。だが鍵は動かない。

ああそうか。百円を入れないと鍵が外せないのか。

そのまま鍵を抜かずに帰れば、ここに誰かが入り込んだことが露見する。

高田さんは財布から出した百円硬貨を、三枚投入口に滑らせて鍵を回した。

引き抜いた鍵は帰りのサービスエリアのゴミ箱に捨てた。

雨が強く降る中を運転しながら、鍵など拾わなければ良かったと、後悔ばかりが心に浮かんだ。


「高田さん、先日はどうもありがとうございました」

不法投棄のアルバイトから一週間後に、高田さんは店で河合さんから声を掛けられた。

「あんなに一杯いただいていいんですか」

「いえいえ。こちらこそ現場で沢山手伝っていただいたみたいで、申し訳なかったです。次から高田さんの分には少し色を付けるように言っておきますね」

河合さんはまた明日の夜、前回と同じ時間に同じ場所に来てほしいと笑みを見せた。

ロッカーに入っていた腕のことは恐ろしかったが、断ったら今度は自分がどういう目に遭わされるか知れたものではない。

そして高い報酬のアルバイトを断れるような生活状況でもない。

高田さんは顔に感情を出さないように気を配りながら、明日もどうぞよろしくお願いしますと伝えた。

そこで初めて気が付いた。

あの腕は、まるで生きているもののようだった。しかし、夏場だというのに、腐った臭いも血の臭いもしなかった。

つまり、あれは作り物――例えば蝋《ろう》か何かで細工されたものなのではないか。そうだ。あれは作り物だったのだ。たぶんそうだ。それで間違いない。そうでなければ説明が付かない。

彼はこの説を採用することにした。合理的な説明が付くのであれば、何も恐れることはない。こうして高田さんは、アルバイト前に心の安定を取り戻すことができた。

集まった面子《めんつ》は前回と同じ。場所も前回と同じ。首尾も前回と同じ。違うのは神田さんから指示される移動経路だけ。何か理由があるのだろう。しかしこちらは単に従うだけだから楽なものだ。

谷底に袋を放り捨てる作業にも慣れたものだ。ビニール袋の中身が何かなど、どうでもよかった。

その翌朝、家に帰ってくると、見慣れたコインロッカーの鍵がテーブルに置かれていた。

何故これがここに置かれているのか。理由が分からない。しかしこんなものが家に自然に湧くはずはないのだ。だから誰かが置いたのだろう。わざわざ留守中に忍び込んで。

高田さんは何か部屋から盗まれたものはないかと一通り確認してみたが、何も失くなったものはなかった。侵入されたとなると、これは警察に届けるべきではないかとも思ったが、それは思いとどまった。理由を確かめてみたくなったからだ。

あのときに鍵を拾ったのは誰にも見られていないはずだ。そうなると、現場に監視カメラか何かが仕掛けられていることになる。考えてみれば、鍵が都合よく落ちていたのも不自然だ。あれは作業の途中で、神田さんがわざと落としたのではないのか。

そうなると、鍵の件は河合さんも承知の上のことになる。

疑い始めると切りがない。きっと何かを試されているのだろうという結論に達した。

それならこの鍵でロッカーを開けに出向いても不自然ではない。わざわざ家に忍び込んでまで置くということは、そう動くことを期待されているということだろう。

鍵を手に取って確認すると、タグには27と書いてあった。確か前回の番号は28番だった。隣り合わせのボックスだ。そうなるとまた作り物の腕だろうか。

よし。行って確認してやろう。

27番のロッカーには、想像通り折りたたまれた腕が入っていた。先日見たのとは反対側だ。思った通り臭いもしない。やはり作り物なのだろう。

作り物なら怖くはない。ただ、触りたくもなかった。それにしても自分にこの腕を見せることで、何か河合さん側が得することがあるのだろうか。何かのアリバイ作りに加担させられているのかもしれない。よく分からない。考えても分かりそうになかった。

開けたボックスの扉は閉めておかねばならない。もう露呈しているとしても、建前上はここに来ていることは秘密なのだ。

三百円を払って鍵を閉めたときに、ふと思った。

——このボックスの鍵を掛けて、直後にまた開けてみたらどうなるのだろう。

同じものが入っているに決まっている。

それって本当か？

高田さんは、再び手にした鍵でそのボックスを開けた。

中には折りたたまれた腕など存在していなかった。空っぽだった。

何度見ても、手を差し込んで確認しても、ボックスの中には何もなかった。

何が起きているのか全く分からなかった。高田さんは鍵を崖下に放り投げて逃げ帰った。

更に次の週。河合さんから委託された三度目のバイトを終えて帰ると、また新しい鍵がテーブルに置かれていた。タグの番号は43番。

憂鬱だった。しばらくはあの場所に行きたくない。左腕が消えた説明が付かないからだ。金にもならないのに行ってたまるか。そう思って鍵を公園のゴミ箱に放り込んだ。

だが、帰宅すると同じ鍵がテーブルに置かれていた。それから何度捨てても戻ってきた。

高田さんは、これはおかしなことに巻き込まれているのだと、ぼんやりと理解した。


それ以降、鍵はテーブルの上に放置された。捨てても無駄なら触れるべきではない。

しかし今度は自分が鍵を開けないでいること自体に違和感を感じるようになった。とにかくロッカーの扉を開けたくて仕方がない。

早く開けに行かねばという焦燥感。

しかし、あそこまで行きたくないのも正直な気持ちだった。

高田さんは自分の自由になる車を持っていない。そのことが幸いしていた。

レンタカーを借りてまで行く義理はないはずだ。そう考えていた。しかし一週間と経たずに自分の思考が制御できなくなった。

――そろそろ行ってやらないと。あの箱から出してやらないと。

自分は何故こんなことを考えているのだろう。思考の一部が何者かに乗っ取られているかのようだ。気付けば四六時中あの場所までどうやって行くかを考えている。公共交通機関でどう行くか。最寄り駅からタクシーを使ったら幾ら掛かるか。そこまで計算して、レンタカーを借りた場合の代金と比べていた。まともではない。

集中力が落ちたことで店でもミスが増えた。店長はもちろん、周囲からも心配されるようになった。

そんなある夜、不意にアパートのドアが強く叩かれた。

その夜は店が休みだったこともあり、高田さんは寝る前にテレビを見ていた。時計は午前一時過ぎを指している。

こんな時間に誰がドアを叩いているのだろう。近所迷惑だし、そもそも普通の人なら寝ている時刻ではないか。

酔っ払いだろうか。それとも隣の住人が何か助けを求めているのだろうか。もし本当に隣の住人だとしたら、寝覚めが悪いようなことになっていないとも限らない。

結局、高田さんはドアを開けた。しかし周囲に人影はなかった。つい一瞬前までドアを激しく叩いていたのだから、犯人に逃げ場などありっこないのだ。

――山から腕が下りてきて、自分の部屋のドアを叩き始めた。

突然そのイメージが頭の中に浮かんだ。間違いない。あの腕が来たのだ。あの鍵をテーブルの上に放っておいたから、とうとう腕が家まで来てしまった。明日急いであの鍵を捨てに行かなくては。

馬鹿げた妄想だと頭では思っていても、どうしてもその考えを振り切ることができなかった。高田さんは公園のゴミ箱に鍵を捨てた。

しかし、帰宅直後にガチャンと音を立てて、何かがドアの新聞受けに放り込まれた。確認すると、４３番のタグの付いた鍵だった。

何でこいつがここにあるんだよ。先ほど公園のゴミ箱に放り込んできたばかりじゃないか。考えても無駄なのかもしれない。

これは行って開けないと終わらないのだ。理由は分からないが、そういうものなのだ。

高田さんは覚悟を決めた。

何度だって開けてやる。何か自分に直接的な被害が及んでいる訳ではないのだ。いつかは分からないが、鍵を開け続ければ、最後には終わりが来るはずだ。

４３番は縦長の大型ロッカーだった。中には太腿から切断された脚が一本立てかけられていた。次は逆の脚がくるな。そう直感した。

「最近、お店のほうは休んでいるみたいですね。体調は大丈夫ですか」

河合さんから携帯電話に連絡が入った。

「あと二回ほど手伝っていただきたいのですが、大丈夫ですか」

その言葉に、大丈夫ですと答えた。

河合さんの意図が読めない。読めない以上、従っておくのが得策だ。

そう考えて四回目のアルバイトに参加した。車を確認すると、以前の倍量ほどのビニール袋が荷台に積まれている。

毎週毎週よくこれだけ捨てるものがあるものだ。そういや以前も考えたが、この袋の中身は何だろう。

もちろん一般的なゴミとして処分できないものだろうということは予想が付いている。ビニール袋は真夏にも拘わらず冷え切っている。先ほどまで冷蔵庫に入っていたようだ。きっとこの予想は大きく外してはいないだろう。

一つ一つがずっしりと重い。運びながら、この重さに相当するのは何だろうと色々と考えているうちに、ハムやベーコンの塊を運んでいるイメージが浮かんだ。

ありていに言えば、肉塊だ。

肉塊からの連想で、ロッカーに入っていた腕や脚を思い出した。

――あれ。

とても嫌な想像に至ってしまった。必死に振り払おうとしても妄想は止められなかった。

臓器移植の後の、使えなかった部分ってどうなるんだっけ。

肝臓、心臓、腎臓、角膜、肺、腎臓。皮膚も移植可能なはずで、血液だって他人に対して用いることができる。人体のそれらの部分は他人の身体で再利用が可能なのだ。


ここからは高田さんの妄想になる。

切り取られた臓器は、河合さんの元で待つ〈お客さん〉に届けられる。それでも残った部分は、適当なサイズに切り分けた後にビニール袋に詰め込まれて、冷蔵庫で保存される。そしてしばらく経った頃に、あの崖から放り投げられるのだ。最終的には野生動物が食い散らかして全て完了。正に産廃の不法投棄だ。

――いや。これは自分の勝手な妄想に決まっている。

しかし、それが真実ではないと誰が断言できるだろう。

仕事っぷりが良かったから紹介したって？　店長は自分が田舎から飛び出してきたばかりで、漫画喫茶で寝起きしていたことすら知っているではないか。

若くて健康で、不意にいなくなっても不都合のない人間。

それが自分だということに、高田さんは気が付いた。気が付いてしまった。

だが、そんな高田さんの心配をよそに、四回目のアルバイトもつつがなく終わった。

彼は自身の勝手な妄想に振り回されて消耗したようなものだった。

ふらふらの身体を引きずって帰宅すると、テーブルにはまた新しい鍵が置かれていた。

今度は42番。前回と同じ大型ロッカーだ。また開けると脚が入っているのだろう。

彼は翌日また山に向かった。ロッカーの中には予想通りのものが入っていた。


翌週に五回目のアルバイトが告知された。予定通りなら、今回で解放してもらえるはずだ。もう金のことはどうでもよかった。

自分が犠牲者になるのは嫌だった。高田さんはまだその線を疑っていた。

河合さんにも、神田さんにも、極力事務的に対応した。

翌朝帰宅して、いつものようにテーブルに置かれた新しい鍵を確認して気が付いた。

今日までの四回で、ロッカーの中身として入っていたのは両腕と両足だ。

そうなると、次の鍵を開けたときにはボックスの中には、首から上か胴体かのどちらかが入っているのではないか。

彼は山に行くべきかを迷った。迷ったが、催促するように毎晩扉を叩かれる。それを放っておくのも気が滅入った。

結果、耐えられたのは三日間だった。週末にレンタカーを借りて朝から出かけた。

今までと同じようにしてロッカーの前に立つ。高田さんには中を覗く勇気はない。もし入っているのが首から上だったとしたら。もしその首と目が合ってしまったら。そう思うと、ロッカーの中を覗くなんて、とんでもないことだった。

延々迷った末に、高田さんは鍵を差し込んで回した。鍵を開きはしたが、そのまま扉を閉めたままコインを投入して、再度鍵を引き抜いた。中を見ないで済ませるにはこれしかないと思ったからだ。

そして鍵はガソリンスタンドのゴミ箱に捨てて帰った。

もうやめよう。

もし次があったとしても、このアルバイトには金輪際関わりたくなかった。

「助かりました。どうもありがとうございました」

河合さんは続けた。

「次回もお願いします。また連絡しますね」

それに対しては、少し体調が悪いので一度休ませてほしいと伝えた。

河合さんは快諾してくれた。ちゃんと休んでくださいと労ってもくれた。

「そうそう。一緒に仕事されていた加藤君は、次回もやるって張り切ってますよ。それではまた次の機会に連絡しますね――」


河合さんの言葉を受け、翌週、高田さんは加藤君に電話で連絡を入れた。

「加藤君、またあのバイトやんの？」

実入りがいいから話がくる限りは当分続けるつもりだと、彼は答えた。

「悪いんだけど、正直やめたほうがいいと思うんだ。谷底に捨ててるもののこと考えたことあるか？　ただの不法投棄じゃないような気がしないか？」

高田さんは、谷に投げ込んでいるものはバラバラ死体ではないかと自説を披露した。

死体を野生動物に食わせて処理しているのではないかと声を潜めると、電話口の加藤君は吹き出して、考え過ぎですよと笑った。

高田さんは馬鹿にされたような気がした。

お前のことを考えて言ってんだぞ。ちゃんと話聞けよ――。

「あそこに捨ててあるものは全部人を殺すのに使ったものだぞ。焼けたタイヤだってあるんだぞ。あれは首に掛けて火を付ける拷問に使ったものだよ。絶対にそうだって」

想像力が逞《たくま》し過ぎですよと小馬鹿にしたように笑う加藤君に、とうとう高田さんは自身に起きた怪異も含めて、今までの経緯を打ち明けた。

しかし、話を聞いた加藤君は、まるで信用していないようだった。彼は作業の間、広場にコインロッカーがあったこと自体にも気が付いていなかった。

「何度でも忠告するけど、ロッカーには絶対に近づくなよ」

「そんな大きなものが、あの狭い場所にありましたっけ。テレビとかは確かにありましたけど、どれも潰して捨ててあったでしょ」

「いいから近づくなよ」

「分かりました。ちょうど今夜バイトですからせいぜい気を付けますよ」

社交辞令のような言葉を残して、加藤君は電話を切った。

翌朝起きると、彼からロッカーは確かにありましたと書かれたメールが届いていた。

ほらな。言った通りだろうが。

もし鍵とか見つけても、拾って帰ったり、ロッカー開けたりしたらいけないぞ。

そんな文面を返した。

翌週、加藤君から再度メールが届いた。

〈ロッカー開けちゃいました〉と書かれた件名を見て、高田さんは慌てて電話を掛けた。

電話越しに聞こえる加藤君の声が震えていた。

「高田さん、すいませんが今から会えませんか」

先日は疑って申し訳ありませんでしたと、電話口で謝りながら懇願する。彼のことを放っておくこともできず、最寄り駅のファミレスで落ち合うことにした。

久しぶりに会う彼は、泣きそうな顔をしていた。


アルバイトを終えて自分の家に帰って寝ていると、ワンルームマンションのドアを叩く音がして目覚めたのだと、彼は語った。

まだ午前中で、周囲は夏の陽射しを受けて眩しいほどだ。用があるならインターホンがあるだろうと思いながら、ドアスコープを覗いた。ドアのすぐ前に人が立っている。

白いシャツがちらちら見え隠れしている。体型から男だろうと分かった。

激しくドアを叩き続ける音で、近隣にも迷惑だ。

とっちめてやろう。そう思ってドアを開けたが、すぐ目の前にあるはずの顔がない。

反射的にドアを閉める。

今、胴体の上に頭が付いていなかったよな。

ドアを再度開けようか迷っていると、新聞受けから、がちゃんと音がした。

確認すると、ロッカーの鍵が投げ込まれていた。

「一度捨てたんだけど、しつこく放り込まれたので、これは開けなきゃ終わらないんだって思って、俺もあの場所まで行ったんですよ」

そして加藤君はロッカーを開けた。

ボックスの中には、髪の毛の生えていない首から上が置かれていた。

目を閉じている。まるで作り物のようだった。

これは何だろう。何に使う道具だろうと思案していると、その目が開いて加藤君のことを凝視してきた。口角がゆっくりと上がっていき歯を剥いた笑顔を見せた。

「もうその顔といったら、口が裂けているかと思ったくらいで。それで今さっき逃げてきたところなんですよ！」

「大丈夫か。何ともないのか」

「とにかく逃げてきたんですけど、何なんすかねあれ。何なんですかねあれ！」

高田さんは、たぶん、ロッカーに閉じ込められていた人なんだろうなと答えた。

これで終わってくれるのかなと頭を抱える加藤君に、最後のパーツを解放したのだから、これで終わりじゃないかなと高田さんは答えた。根拠はなかったが、何か言って安心させてやりたかった。

「マジっすか。これで大丈夫ですかね！　もうあの顔が付いた奴は来ませんかね。あの笑った顔の奴に来られたら、俺どうすれば良いんでしょうか！」

そこまでは分からないけど、そのときには力になるよと伝えた。


翌日の夜に電話が鳴った。

「高田さん！　来ました！　あいつ来ました！　ドア叩いてます！　今ここにいるんですよ！　助けてくださいよ！　俺の話を誰も信じてくれないんですよ！」

想像していた通りだった。全身が揃ったこれからが本番なのだろう。

「外出るなよ！　今から行くから！」

「助けてください！　電話繋げっぱなしで！　繋げっぱなしでよろしくお願いします！」

喚き声の後ろで、激しくドアを叩く音が響いている。

「高田さん！　電話切ってませんよね。切ってませんよね！」

「落ち着け。落ち着け！」

高田さんは電話口で加藤君を励まし続けた。

駅のホームで急に通話が途切れた。

しばらく電話が掛かってくるのを待っていたが、加藤君からはもう連絡はなかった。

掛け直しても電話が通じない。

何度リダイヤルしても、お繋ぎすることができませんとアナウンスが流れる。

加藤君の最寄り駅は分かっていても、そこから先はどう行けば良いのか分からない。住所も知らない。そもそも加藤という苗字が本名の保証もなかった。

仕方がないので、高田さんは家に帰った。

それから半日ほどしてメールが入った。差出人は加藤君だった。

〈あけます

いってきます〉

それだけ書かれていた。

翌朝、高田さんは携帯を解約した。これで加藤君との繋がりは絶たれた。
お互い音信不通で関わり合いもなし。それでいいじゃないか。
もうこれ以上、あの現場に関係する誰とも顔を合わせたくなかった。
次はきっと自分の番だ。
すぐに遠く離れた別の地方に引っ越すことに決めた。
あんなバイト話を持ってきた河合さんとも、早く縁を切りたかった。

高田さんは、生活に困っていた自分を雇い、色々と世話をしてくれた店長に挨拶もしないで街を出たことを、今でも少しだけ後悔している。
全身を解体され、ビニール袋に詰められた上で崖から放り投げられる夢は、今でも時々見る。碌なものではない。

中古住宅

三浦さんは廃人のような生活をしている。

「あの頃はまだ家族とも一緒におりましたし、仕事もやってたんです。そりゃ冬は出稼ぎで大変でしたけど、今よりは良かった」

今はもう未来が全く見えないんです。

そう項垂《うなだ》れる背中は、とても小さく頼りなく見えた。


その家に引っ越したのが全てのきっかけだったように思う。やっと手に入れた二階建ての中古住宅だ。

当時、三浦さんは林業に従事しており、そこそこ仕事もこなしていた。妻と息子、娘の四人でつましくも仲良く過ごしていた。

最初に異変に気付いたのは中学生の娘だった。

「あのさ、お父さん。家の中に知らない女の人がいるんだけど」

思いつめたような瞳で相談を持ちかけた娘に、三浦さんはどう答えて良いか分からなかった。あまりに突拍子もない話だったからだ。

だが、気のせいだろと答えても、彼女は頑として主張を変えることはなかった。

思えばこの家に引っ越してきてから体調が思わしくない。妻も寝込みがちになってしまっている。

「お前がそんなに気になるなら、神社でお札でも貰ってくるか」

仕事が休みになるのは三日後だから、それまでは我慢してくれよ。

娘もそれで納得してくれた。


しかし、彼女が二階のベランダから転がり落ちたのは、翌日のことだった。

仕事に行こうと軽トラの運転席のドアを開けたときに、背後から悲鳴が聞こえた。

「お父さん！」

声の方向へ振り返ると、娘が誰かに背中を押されたかのように、ベランダから落ちていくところだった。

直後、地面に激突する音がした。だが三浦さんは娘に視線を向けることができなかった。

二階のベランダに見知らぬ女が立っている。そして三浦さんのことを見つめてにやにやと嫌な笑みを浮かべていた。

そうか。娘が訴えていたのはあの女か。

庭に落ちた娘は、痛い痛いと呻いていた。その声に我に返って駆け寄った。

救急車を呼び、病院へと付き添う。鎖骨と肋骨にひびが入っており、全身打撲もあるとの診断だった。念のために今夜は入院するようにとのことだった。

「お父さん、家にいるあの女のせいだよ。早くお札を貰ってきて」

仕事先に断りの電話を一本入れると、すぐに地元の大きめな神社へと走った。お祓いにお札、お守りと、一通りできることはした。


だが一週間と経たずに、三浦さんは再びあの女を目撃することになる。

今度は和室でタオルケットを掛けて寝ている息子の傍に女が立っていた。

息子の顔を食い入るように見ている。

「てめぇ！」

三浦さんは声を荒らげて和室に駆け込んだが、もう女の姿はなかった。

家中に貼ったお札は、嘲笑うかのように全てぺろりと剥がれていた。

健康と家族のことを考えると、すぐにでも引っ越したいのは山々だったが、やっとのことでローンを通した家には愛着があった。他に住むにしたって、物件を探す手間も引っ越しの資金の問題だってある。

気が重かった。妻も体調を崩して臥せっている。

昨日のあれといい、娘の怪我といい、妻の体調といい、一体何だというのか。

仕事中にそんな考えに気を取られて上の空だったのが原因なのだろう。

丸太を足の上に落としてしまった。

あっという間だった。

普段なら安全靴を履き、更に甲プロテクタを着けているので、いざという時でも怪我は最小限で済むはずだった。

このときの三浦さんは、何故か靴に甲プロテクタを着けないまま作業に参加していた。

太い丸太に押し潰された足指の感覚。

あ。いかん。

バランスを崩したところに二本目の丸太が流れてきた。

それを避けようとしたところまでしか記憶がない。

気が付いたときには手の指も二本失われていた。軍手が千切れて血が滲んでいた。丸太に挟まれたのだろうか。記憶がない。全身が痛くて状況がよく分からない。大怪我をしたのだなということは理解した。三浦さんは再び気を失った。

気が付いたときには救急車で運ばれていた。娘と自分。ひと月で二回も救急車の世話になるとは思わなかった。


「あの女のせいだよ」

事故が起きた時刻に、女の笑い声が家に響いたと、妻も娘も怯えていた。

あの家から引っ越さないといけない。まずは自分と家族の安全が最優先だ。

今回の事故があの女のせいなら、本気で生命を取りに来ている。

悪霊憑きの家を買ってしまったとは。これは一世一代の大失態だ。

しかし、こんな身体になってしまったら、しばらくはまともに仕事をすることもできない。労災は出るだろうが、このままでは早晩蓄えも尽きるだろう。

家を再び売り出したとしても、果たして売れる見込みはあるのか。

どれだけの値が付くのか。

三浦さんは憂鬱な気持ちで病院通いの日々を過ごし始めた。

仕事ができない以上、稼ぎは妻のパートでの収入頼みだ。

彼女は体調も思わしくない中で、無理を押して働いてくれた。

疲労困憊《こんぱい》し、ささくれ立った心で過ごしているのは端から見ていても分かった。妻に苦労を掛けるのは辛かった。そのたびにあの女が視界の角を横切っていく。限界だ。引っ越そう。最小限の荷物だけでこの家を去ろう。

そんなある日、三浦さんは誘われるようにして不動産屋に立ち寄った。不動産屋は近所にいい出物がありますよと営業スマイルを見せた。今ある家を引き取るから、そちらに引っ越せばいい。すぐに内見できるとのことで、気が付いたときにはその家の前で説明を受けていた。

平屋で敷地面積も狭くなるが、状況が今より悪くなることはないだろう。

話はトントン拍子に進み、荷物をまとめて新しい家に引っ越した。

だが、引っ越したその先で、娘がノイローゼになってしまった。まだあの女がいるというのだ。あまつさえ、他のお化けも見かけるという。

三浦さんは混乱した。

悪霊じみた女が引っ越しと一緒について来たことを認めたくなかった。

だが、確かに新居は風通しが悪く、いつも陰気な雰囲気が漂っている。家族も、知らない人達が昼夜を問わず次々と家の中を通っていく、と怯えている。

何かがありそうなことは三浦さんにも感じられた。

そんなある日、家族で温水プールに出かけた。

そこで事故が起きた。

三浦さんがジャグジーで暖を取っている隙に、小学校高学年の長男がプールの底に沈んでいるのが発見された。

周囲に他の客が泳いでいたにも拘わらず、彼は誰にも気付かれることなく、水底に沈んだ状態で亡くなっていた。

三浦さんはそのときのことを回顧するように遠い目をした。

「ほら、長男が寝ていたときに、覗き込まれていたって言ったじゃないですか。あれって今から考えれば、あちら側から品定めされていたんじゃないかって思うんですよ」

不幸って、あっちから人を選んでやってくるんです。

だって、そうじゃないと、説明付かないじゃないですか。

説明付きますか。こんなこと。

息子の葬儀が終わった頃には、妻の精神も不安定なものになっていた。無理もない。

彼女はこんな物件を選んだせいだと、日々三浦さんを大声で口汚くなじった。

三浦さん自身も家族を襲う不幸に、納得がいかないままだった。

不幸が続くのは、何かおかしなことが自分や家族の身に起きているのではないか。

そう考えた彼は、知人の伝手を頼って、霊能者を家に呼んだ。

やってきた霊能者は、開口一番、「前の家にいた奴が、そのまま家に来てるね」と眉間に皺を寄せた。

事前に引っ越しの経緯は告げていない。しかし正確に言い当てるではないか。

心配していたことが的中してしまい、三浦さんは足元が揺らぐような気持ちになった。

「このままではいいことは起きないね」

「残念だけど、家族はバラバラになる」

どうすればいいのかと訊いても、霊能者は首を振った。とにかくこの場所が悪い。土地も悪いし家も悪い。そこに前の家からとんでもないものを連れてきてしまった。

潔くこの家を捨て、この土地を捨て、家族全員が身を清めて出直すしか方法はない。それには時間も掛かるし覚悟も必要だ。

そんなことを淀みなく話す霊能者を、三浦さんは胡散《うさん》臭く感じていた。

単に偶然不幸が重なっただけだろう。あの女幽霊のせいというなら、まだ理解できなくはないが、家のせい土地のせいということなどあるのだろうか。

大枚叩いて診てもらっても、結局霊能者は何も祓ったり清めたりはしてくれなかった。それにも失望した。これでは単に脅かされているだけではないか。

だが霊能者の予言通りに家族はぎこちなくなり、とうとう妻と娘とは別居することになった。

「あなたと一つ屋根の下で暮らすのが嫌な訳ではないの」

妻は別れ際にそう言った。

「ずっと仕事だって頑張ってくれたし、家族を愛しているのも痛いほど分かります。ただ、この家で暮らすのがもう耐えられない。あなたは気付いてないかもしれないけど、あの女はずっとあなたの横にいるんですよ――」

「それからもう十年です。あの家も二束三文で売ってしまいました。今では生活保護で狭いアパートに住んでいます。もう身体も自由には動かせません」

死ぬのを待つだけの情けない境遇です。三浦さんは涙をぽろぽろと流した。

何も悪くはないにも拘わらず、すいませんすいませんと謝り続ける彼は、既に身体の様々な場所に不具合を抱えており、いつお迎えが来てもおかしくないのだという。

涸れ井戸

ひろみさんの家は、彼女の親の世代まで、拝み屋というか占い師をしていた。らしい。らしいというのは、彼女自身はその現場を知らないからだ。もう亡くなった両親はひろみさんに家業のことを伝えないと決めていたようで、一切何も教えてくれなかった。特に母親は念入りに痕跡を消し去ろうと努めたらしく、手元には家業に関係のありそうなものは全く残っていない。彼女が両親から継いだのは、土地と家だけだった。

ひろみさんは二歳の息子と愛犬とで、両親の遺した家に暮らしていた。

家の庭には井戸があった。元々その井戸は、近隣における、所謂パワースポットのような扱いだったと聞いた。言われてみれば、ひろみさんが幼い頃までは特別な井戸という認識もあったようだ。時々数人のグループが井戸に水を汲みに来ていたのを覚えている。母親が占い師のようなことをしていたのは、その人達に対してだった。

ある夏の日のこと、井戸から突然水が出なくなった。

メインの生活用水としては使っていない水源だ。庭に撒く水や飼い犬に与える飲み水くらいにしか使っていない。だから井戸の水が出なくなったとしても、すぐに生活に支障を来す訳ではない。だが涸れてしまったとなると気に掛かる。大きな地震の前兆ということだって考えられる。

更に井戸が涸れた翌日に、愛犬が急死した。

よく懐いており、毎日の散歩を楽しみにしている犬だった。それが口から大量に泡を吐いて冷たくなっていた。賢い犬で、変なものを食べたとも考えられない。

次は二歳の息子が急な高熱で亡くなった。深夜に熱が上がって明け方には息を引き取った。一人で産んで一人で育てていた子供だ。彼女の生きがいだった。小さな骨は、火葬にしたら殆ど残らなかった。

酷いことが一度に起きたことで、精神のバランスが崩れたのだろう。彼女は立ち上がることができなくなった。

仕事を辞めて、蓄えを切り崩しながら生きていくしかない。

病院へ相談に訪れる必要があるようにも思ったが、それすらできない。

ひろみさんは、両親の残した家に暮らしているのが心底嫌になった。

この家は誰か他人に貸して、自分は離れた町の小さなアパートにでも暮らそう。ここでは嫌なことが続き過ぎてしまった――。

しかし、何か手続きをしようにも、身体も動かなければ思考もまとまらない。息をしているだけでも辛い日がある。

ある日、両親の友人だと名乗る宮口という老人が訪ねてきた。

彼は、しばらく前に悪いことが続きませんでしたかと訊いた。

そして、全ては涸れてしまった井戸の祟りだと神妙な顔で言った。

今のままにしておいてはいけない。実はもしこんなことがあったら、ひろみさんの力になってほしいと、御両親から頼まれていたのだと語った。

何故この人は井戸が涸れたのを知っているのだろう。ひろみさんは両親の友人関係はよく知らなかったが、井戸のことを話題にするのだから、古くから関係のある人なのだろう。

今から思えば、この時点で老人に〈呑まれた〉気がする。精神の自由を奪われ、思考力が極端に下がった。催眠術でも掛けられたかのようだ。

翌日、宮口さんは軽トラックに水の入ったポリタンクを並べて持ってきた。灯油用に使われているものと同じ十八リットル入るポリタンクだ。それが荷台に三十個あった。つまり五百リットル以上ある。軽トラックの積載上限が三百五十キロ。つまり、積載量を越えた水を持って来た訳だ。

「この水を井戸に注ぐと良い。さぁ急いで」

今すぐ三十個のポリタンクを一人で運べというのだ。冗談じゃない。

「え、私一人でですか？」

「ああ、手伝いも来てくれるよ」

作業に間に合ってよかった。そう宮口さんは答えた。

だが、次々に庭に入ってくるのは、男性とはいえ年寄りばかりだ。

最終的には宮口さんを含めて四人。皆年齢は八十を越えているように見える。力仕事は頼みにできそうにない。戸惑っていると、その一人が口を開いた。

「わしら、宮さんに呼ばれて久しぶりにこの庭に参ったのですわ。この井戸には色々と思い入れがある」

ひろみさんがどう返事をしようかと迷っていると、その老人はこちらをじっと見てけらけらと笑った。その口には歯が半分以上なかった。

「きちんと最後までやってくださるか、見届けないといけないですからな」

老人達が一体どんな縁で集まってきたのかも知らされないまま、ひろみさんは彼らの監視のもと、一人で水の入った重いポリタンクを運ぶことになった。

老人達は無言のまま、固唾を呑んでひろみさんの作業を見ている。

何であたしがこんなことをしないといけないのだろう。

水を運んでいる最中、四人は聞こえよがしに井戸に関することを話していた。

「この子は、井戸のことを聞かされていないようだ」

御両親も無責任だね。先に死ぬなら、ちゃんと役目を引き継いでもらわないと。

良い機会だから、これからは心を入れ替えてここを守っていってもらわないと。

引っ越したいと思っていたことも見透かされているようだった。集った老人達は、今後も一人で家に住み、井戸を守っていくように期待しているようだった。

宮さんから恩を受けたんだから、その程度のことは当たり前だよなぁ。

そうだそうだ。

庭に響くやけに大きな笑い声。

一つおよそ二十キロのポリタンクを、裏口からよろよろと井戸まで運び、腰の高さまで持ち上げて水を注ぐ。

誰も手を貸そうとしない。断ったら何をされるか分からない。それで一生井戸を守って生きろというのだ。

こんな理不尽があるだろうか。

結局全ての水を注ぎ終わったのは、日も暮れてからだった。

宮口さんと老人達は、作業を見届けると、足早に帰っていった。

考えてみたら誰一人として連絡先が分からない。近所に住んでいる人なら顔見知りのはずだったが、誰の顔も見たことがなかった。

翌日、井戸の口からは真っ赤な水が出た。血のような色をした赤い水だった。


更に次の日、早朝から昨夜の四人が詰め掛けてきた。

「悪いが、この井戸をないがしろにしていると、次はあんたが死ぬから」

「儂らが全員おっ死ぬまでは、ここを管理していただかないと」

全員が亡くなるまでは、ずっと監視されて過ごさねばならないということか。

老人達は毎日来た。

一週間も経つと空いている部屋に上がり込み、何食わぬ顔で寝泊まりを始めた。

貯蓄が尽きるので働きに出なくては暮らしていけない。そう訴えると、老人達は不機嫌になった。

「そんなのは知らないよ。井戸のほうが大事だろう」

「いやいや、そう責めなさんな。この子にも事情があるんだろう」

「なら、儂等の目の届くところで働いてもらわないと」

「仕事なら紹介しよう。ちょっと離れているけど、働きがいはあるだろう」

それらの言葉を聞いた後にひろみさんは逃げた。財布と息子の骨壺だけを持って。

精神的に限界だった。このままでは老人達の使用人として過ごすことになる。

実際、老人達に家も奪われてしまったようなものだ。

もしかしたら部屋も荒らされているかもしれない。

これは警察に言えば良いのだろうか。信じてもらえるだろうか。

どうしていいか分からない。

頭の中に霧が掛かったようで、筋の通った思考ができない。堂々巡り。自分はいつからこんなに頭が悪くなってしまったのか。


「あんた騙されたんだね」

公園のベンチで途方に暮れていると、老婆に声を掛けられた。

上品な身なりをして、優しい表情をしていた。

どこかで会ったことがあるだろうか。

「ええと、どこかでお会いしましたっけ」

「あんたがずっと小さい頃にね」

老婆は、宮口という爺さんが家に訪ねてこなかったかと訊いた。

ひろみさんは、悪いことが起きるのは井戸が涸れたせいだと忠告を受けたと、今までの経緯を答えた。老婆はその話を頷きながら聞いてくれた。

「随分と性悪なのに目を付けられたねぇ。あの宮口という爺さんの家にも井戸があるんだ。あんたが注いだのはその井戸の水だよ」

宮口の爺さんも誰に入れ知恵されたのかは知らないけど、それであんたの家の井戸は完全にダメになってしまった。酷く祟るから、これからは使わないようにすることだ。

あと、もうあんたの家には誰もいないから。安心してすぐに家に帰りなさい。

ただ、井戸の蓋が開いているから、明日、日が出ているうちに蓋をしなさい。それから一年経ったら、作法に則って井戸を埋めなさい。

じゃあね。悪い人にはもう引っ掛かるんじゃないよ。


彼女はそう言って立ち去った。

半信半疑で家に戻ると、老婆の言葉通り、人の気配がなかった。がらんとしている。

あの四人はどこに行ったのだろう。

翌日の日が高いうちに確認すると、水を注いだ後に閉めておいた井戸の蓋が開けられて、周囲に靴が四足揃えられていた。そのうち一足は宮口さんのものだとすぐに分かった。それらの靴はすぐに捨てた。彼らは井戸に落ちたのかもしれない。しかしひろみさんは何も見なかったことにした。この家で勝手なことをしていたのだから、もう知るものか。


無理のない程度に仕事をし、ただただ息子の骨壺に毎日手を合わせる日々を送った。

そして一年後、老婆に言われた通り、きちんと作法に則って井戸を埋めることにした。

その頃には、思考や感情も元に戻っていた。

専門の業者を呼んで井戸を埋めても良いか確認を受け、その後で神主を呼んで祈祷《きとう》をしてもらった。もしかしたら井戸から老人達の遺体でも出るのではないかと覚悟をしていたが、結局何も出なかった。


井戸を埋めた後で、ひろみさんは土地を売った。それを元手にワンルームマンションへと引っ越した。あの土地に何が起きても自分とは一切関係ないのは嬉しかった。

今、そこにはぴかぴかの真新しいマンションが建っている。

御影石

九段さんは、そろそろ生きてる奴も殆どいないだろうし、ま、信じるも信じないも好きにしてよ――と前置きして故郷の話を始めた。彼自身も八十代半ばだという。

彼の故郷は北関東にあるが、今は廃村になっている。その村は過去に硫黄鉱山で賑わったが、今は見る影もない。昭和三十年代に化学合成できるようになって、硫黄の採掘の需要は激減したからだ。

「硫黄は朝鮮戦争の頃までは黄色いダイヤなんて言われててね。そりゃ活気があったものさ。どんどん人も来て、小学校が幾つもできたりした。今となってはもう誰も住んでいない廃集落になっちまってるし、俺も故郷を離れてから半世紀近く経ってる。もう戻ったって何にもないしね」

明治時代には、その鉱山は特に盛り上がったそうだ。だから九段さんもピーク時の活気は知らない。

鉱山は掘り尽くしてしまえば後は用済みとなってしまう。その山も次第に産出量が減っていき、最終的に閉山になった。しかし九段さんに言わせると、実は閉山になる前から人はどんどん山を下りていたという。

「未来がなければそりゃ人は離れるよ。でも本当の理由は違うんだ。世間的には大きな地滑りが起きて廃村になったとか言われているけれど、その前に前兆があったのさ。それもちょっとおかしな話でね」

その〈ちょっとおかしな話〉は、大正時代に入った頃から起きるようになったらしい。そしてそれは閉山となる昭和中期まで続いたという。


鉱脈を探して鉱山を掘り進めていくと、瓦礫の層に当たることがある。岩盤だとダイナマイトを使って砕く必要があるが、瓦礫の層は脆《もろ》い。扱いを間違えると崩落事故が起きる。

その瓦礫の層から不思議なものが出てくるのだという。

一抱えもあるような大きさの球状の御影石だ。御影石は岩石の分類としては花崗《かこう》岩になる。地下のマグマが固まってできた岩盤から掘り出されるものだ。硬く緻密な岩質で、屋外に放置しておいても侵食に強い。だから墓石に使われる。

加工されたような球状のものが自然に湧いて出るような石ではない。だが、それが瓦礫に混ざってごろんと出てくる。それも一個だけ。

明らかに人の手で磨いたような滑らかな表面をしており、そこには氏名が刻まれている。

墓石に彫られているような立派な文字ではない。ただ、誰が見ても漢字や仮名、つまり日本語と読める文字が刻まれている。この石の通称を〈丸石〉という。この石が出てくると、そこに名前が刻まれている坑夫は、長くても数日以内に亡くなった。

もちろん最初は誰かの嫌がらせか、たちの悪い悪戯と考えられていた。掘り出した坑夫が吊し上げられたこともあるという。

しかし、どうあれ坑道を掘り進めるとごろりと転がり出てくるのだ。そして例外なく石に指名された坑夫は亡くなる。

死因は作業中の事故のこともあるし、鉱山とは全く関係ないこともある。

「だから、山の神様からのお告げみたいなものだって考えていた。石を神社に納めたり、神主呼んで坑道をお祓いしたりとか、色々やってみたらしいんだ。でもダメだったね。掘り当てちゃったらおしまい。そういうものだった」

あるとき、瓦礫の層を掘り進んでいくと、〈丸石〉がごろごろと転がり出てきた。今まで掘り出されるのは一個ずつだったが、そのときは合計十個を越えた。しかし、その場の坑夫の名前が書かれた石はなかった。

翌日、石が出た場所とは別の坑道で落盤事故が起き、巻き込まれた者で生きて戻れた者はいなかった。

巻き込まれた者は十名以上。全て前日の石に名前が刻まれていた。

「閉山になる前に、大きな地滑りがあったって言ったよね。あれは、その前に大量に〈丸石〉が出てきたんだ。二百個までは数えたけど、本当にもう数え切れないほどだった。会社の上のほうも慌ててね。神社じゃダメだからって坊さんを呼んでさ、供養してくれ、祟り払いしてくれって泣きついたんだけど、全く効かなかったね。結局地滑りが起きて大勢が飲み込まれちまった」

だから地滑りが閉山の原因ってのは間違いとは言えないんだけどさ。

石が出た後に地滑りが起きたんだよ。

当時のことを知ってる人は殆ど生きていないだろうし、もう時効だろうからね。

まぁ、こんなこと言っても信じてもらえるとは思っていないよ。

今では鉱山のあった場所は、この世の果てのような土地になっているという。

立ち退き

梁さんという華僑の知人から聞かせてもらった話。

中国の広東省でのことだという。

当時その地域では、急激な都市化と人口増から、道路を整備するための工事が急ピッチで進んでいた。

古い民家があったところを立ち退かせて幅広の道路を通すのだ。

「実はこれも大変でしてね。通すのに何人も犠牲が出た道もあるんです」

事故かと訊くと、事故ではないという。


その道路を通す計画が公開されたときから、猛反対している周という老人がいた。周さんは占い師のようなことを長年続けており、家を建てる際の吉凶や、冠婚葬祭の日取りの相談などを受けていた。

彼の言によると、道路工事を行うことで、土地に走っている龍脈を断ち切ってしまうとのことだった。結果として土地自体の力が減衰し、地域が荒廃すると確信しているようで、自宅の立ち退き自体も拒否していた。

しかし老人一人の反対運動で自治体の決定を覆すことはできない。他の家は早々に立ち退き、結局老人の住む土地だけが居座っているという状態になった。

後で説得すれば良いだろうという算段なのか、老人の意見を無視して工事が始まった。

工事自体は迅速に進み、とうとう周さんの家のすぐ手前まで道路が完成した。

そこで初めて周さんのもとに、工事を担当する現場監督や作業員が詰め掛けた。

「爺さん、気持ちは分からないでもないが、こうなったら工事を中止はできないのだから、そろそろ立ち退いたほうが利口だぞ」

「そうだそうだ。先に立ち退いた人の立場というものもあるだろう。爺さん一人が頑張ったところで、予定通り道路は完成するんだよ」

「こっちにも都合っていうものがあってね。この国では土地っていうのは国のものだろう。あんた一人のもんじゃないんだ。そこのところをまず理解してくれないと」

恫喝《どうかつ》だ。

「あんたのところを残して工事することも可能なんだ。そうなったら面倒だろう」

現場監督がそう言い残して立ち去ろうとした刹那、老人が激昂した。

「お前らの顔全員覚えたからなっ！」

そう怒鳴り散らして追い返した。

その夜から、周さんは敷地内の周囲に堀でも巡らすように、地面に深い穴を掘り始めた。

翌朝、作業員が、周さんがおかしなことをしていると、現場監督に報告した。

一体何をしてるんだ。

昨日の老人の激昂っぷりもまともではなかった。そもそも占いやまじないに堪能な要注意人物という報告を受けている。一体何をしでかすか分からない。

監督が見に行くと、老人はどこから入手したのか、大きな水瓶を土に埋めている。

その脇には、生きた鶏が何羽も竹かごに入れられている。

「あの爺さん、あんなことをして、一体何をするつもりだ」

周囲の作業員に訊いても、誰も答えられない。ただ、悪い予感はしているのか、皆一斉に顔色が青ざめていく。

老人が竹かごから鶏を一羽引っ張り出した。

その首を中華包丁で切り落とす。勢い良く噴き出た血が足元の水瓶に溜まっていく。

気付いていたらしく、老人は監督の顔をまっすぐ睨んで叫んだ。

「お前だ若造っ！　お前のことを今から呪ってやるからな！」

かっと目を見開き、念仏のような呪文を繰り返す。

「あの爺さん、頭おかしくなったんじゃないか」

「迷信だろ。呪いなんて」

作業員はそう揶揄したが、その顔は強張《こわば》っている。

「帰ろう」

現状では何も手を打つことができない。そう言って、現場監督は踵を返した。

彼は詰め所に帰り着く前に、作業中の重機に死角からふらふらと近寄っていき、パワーショベルのバケットに頭をかち割られて死んだ。


速やかに次の監督が補充された。

作業員は老人が呪いを掛けて作業を中断させていると恐れたが、新しい監督は極端な現実主義者だった。

彼は引き継ぎの中で、老人の呪いについて把握していた。しかし、その話を全く信じないばかりか、不安を訴える作業員に対しても馬鹿にしたような態度を示した。

監督が様子を確認しに行くと、すぐに家屋から老人が飛び出してきた。どうやら二十四時間態勢で監視しているらしい。

「性懲りもなくまたやってきおったか！」

叫び声を上げて、鶏をひっ掴むと、電光石火の勢いでその首を掻っ切る。

「今すぐ呪ってやるからな！　お前も死ぬぞ！　何人来ても死ぬぞ！」

その予言通りだった。その日の夕方を待たずして、現場監督は事故死した。


三人目の現場監督は、呪いを恐れたのか、老人のことを確認しに足を運ぶことすらしなかった。嫌がる作業員に向かって、老人の様子を確認して報告するようにと命じた。

「お前らでは話にならん！　この土地を道で分断しようとする者は皆同じ目に遭うぞ！」

顔を見る必要もない。逃げても隠れても無駄だ。

老人は作業員にそう叫ぶと、次々と鶏の首を掻っ切り、水瓶に血を満たしていく。

震え上がった作業員が監督に報告をしに戻ると、大騒ぎになっていた。

工事の進捗を確認しに来た自治体の担当者が、先ほど車道に飛び込んで亡くなったとのことだった。

そこからは事故の起きる率が跳ね上がった。

作業員も次々と体調を崩していく。作業が滞り、次々に入れ替わる新しい担当者が何度も現場の様子を見に来たが、その担当者達も例外なく亡くなった。

最終的には担当者は三人代わったという。

ついには現場に警察が出動し、老人は速やかに逮捕された。

老人が刑務所に送られた結果、何事もなかったかのように道路工事は再開された。

だが老人の住んでいた土地には、十個以上の水瓶が残されていた。

しかもそれら全ては異臭を発する腐った鶏の血で満たされている。

老人の逮捕後、新たに配置された監督は、嫌がる作業員に対して、すぐに水瓶を処分するようにと指示を出した。しかし水瓶を処分した作業員は、その日のうちに体調を酷く崩し、苦痛を訴えながら三日以内に全員が亡くなった。


話によると、老人は刑務所で声が嗄れるほど叫び続け、頭部を何度となく壁に強く打ち付けて自らの命を絶った。発見された遺体の周囲には鮮血と脳漿《のうしょう》が飛び散り、近寄ることも躊躇《ため》われる状態だったという。

また完成したその道では、後日道路が崩落して大きな穴が空くという事故が起こり、それでも死者が出ている。

ただ、それが老人の呪いによるものか、手抜き工事の結果なのかは分からない。

能面の家

関西に住む堀川さんに聞いた話である。

ある都市を南北に貫く目抜き通りの拡張作業が行われた。彼はその工事における補償交渉の担当者だった。

工事予定の土地を買収していく中で、立ち退きを渋る家もあった。歴史のある都市であり、建造物には文化的な価値があるという主張も何度となく聞いた。

しかし、担当の堀川さんを筆頭とする行政の根気強い説得により、一軒また一軒と立ち退きを了承してもらえた。

行政の工事で立ち退きを粘っても、最終的には行政代執行になるだけだ。強制執行された上で、その工事の金額を請求されるという措置である。金額は決まっているし、期日も決まっている。たとえ粘ったところで、良いほうに話が転がる訳ではない。

だが、どうしても首を縦に振らない家があった。

その家を訪れると、いつも応対してくれるのは六十代ほどの痩せた女性だった。

「私は立ち退いても良いと思っているんですけど、二階のものが立ち退きを良しとしないものでして、自分の一存では決められないのです」

またた。いつもこうやって訳の分からないことを言い出して煙に巻こうとする。

前任者から仕事を引き継いだときにも、支離滅裂なことを口にして、引き伸ばしをするから気を付けろと申し送りされている。

話によると女性は独り暮らしということだった。それとも二階に誰かいるのだろうか。

確か前回も同じ話をされて、帰るときに二階の窓を見上げたのだ。

窓には厚いカーテンが掛かっていたが、その隙間から視線を感じた。

やはり誰かが住んでいるのだろう。

「お二階にどなたかいらっしゃるのですか」

立ち入った話になるので、本来はここまで訊くことはない。しかし、地権者が自分の一存で決められないというのだから、その人物の関与を質す必要がある。

耳を澄ましても二階から物音は聞こえない。

「いいえ、夫が亡くなって以来、この家に住んでいるのは私だけなんです。これぱっかりは自分では何ともできませんものですから」

女性はペコペコと頭を下げるばかりだ。

「おかげで最近では、私も眠れなくてほとほと困っておりまして」

彼女も本心から困っている様子だった。

その日も話は平行線だった。根気よく説得をしようにも、取りつく島がなければ何も話は進められない。この工事に当たって最大の難敵と言っても良さそうだ。

見送られて通りに出たときに二階の窓を見上げた。カーテンの隙間から何人もの視線に監視されているような気がした。


「どのみち立ち退いてもらうことになるんですよ。期日のほうも決まっておりますし、周囲の状況も確認していただけているとは思うんですが——何とかなりませんか」

三度目の訪問でも、女性は同じ話を繰り返すばかりだった。

「いえ、本当に何度も御足労いただきまして恐縮です。これは最初からお伝えしている通り、自分としては家も土地も手放してもいいのです。立ち退きにも工事にも賛成しているんですよ」

「それなら」

「でもですね、立ち退いても手放しても良いのですが、そうすると私自身が殺されてしまうかもしれないので、せめて私が死んでからというのは——」

あと二十年三十年と待つことはできない。そう伝えると、女性は途方に暮れた様子でため息を吐いた。

「二階の方とお話はできませんか」

「話はできないと思いますよ」

分からない。迷宮に入り込んでいるような感覚。

「繰り返しになりますけど、お二階の方が反対されている、ということで良いのですよね」

確認しても埒が明かない。この質問を今まで何度繰り返したことだろう。

「私以外の住人は、この家にはいないんです」

これも何回か前の訪問と同じ答えだ。分からない。謎かけにでもなっているのだろうか。

「私が二階まで上がりますから、直接お話させていただく、というのはお許しいただけませんでしょうか」

「何と言いますか……ちょっと二階には上げられないんですよ」

この人は何を隠しているのだろう。

「こちらとしても計画のほうは滞りなく道路拡張を行わないといけないんです。そこは御理解いただけているということはこちらでも理解しています。ですから同意をしていただいて、双方納得いく形で決着を付けましょうよ」

そこまで言って、思わず強い口調になってしまったことを反省する。女性は泣きそうな顔をしている。言いすぎただろうか。しかし、買収の期限も迫ってきているのだ。そうなると残る道は行政代執行になる。今後に禍根を残すことになるだろう。彼女の側も事情はよく分かっているはずだ。行政代執行の説明も何度か出ている。

「あの」

びっくりなされると思いますけど、それでもいいでしょうか。二階に上がっていただいて、状況だけ確認していただくということで今日はお許しいただけませんか――。

歴史がある建物だということは、階段の作りからも窺うことができる。急な木造の階段を上がっていくと、女性は襖が閉ざされた部屋の前に立ち止まった。

「驚かれるかもしれませんが、どうぞ」

襖を開けると、強烈な視線を叩きつけられた。視線には明らかに敵意が含まれていた。堀川さんの背中に汗が滲んだ。

見れば、薄暗い部屋の壁という壁に能面が掛けられている。視線はそれらの面の眼窩《がんか》の奥から放たれていた。何者かが能面の向こう側からこちらを睨んでいる。

翁《おきな》面、小面、般若、天狗。女の面に男の面、猿や妖怪、鬼のような面もあった。見れば古いものもあれば新しいものもあり、素人細工のものも、見てすぐに価値の分かるものもある。

堀川さんも能面に詳しい訳ではない。

まともな話ではないというのは百も承知だ。だが、それらの面の目の奥に生きた瞳があり、それらが一斉に敵意を持った視線を送ってきた。それ以外に説明の付けようがない。

「——どうぞお入りください。今、蛍光灯を点けますね」

女性から声を掛けられて、堀川さんは我に返った。

部屋の奥には立派な神棚も掛けられていた。

一歩部屋に入ると、もう最初の視線は感じなかった。きっと錯覚だったのだろう。

「あの。これらの面が立ち退きに反対するんです。毎晩毎晩、繰り返し繰り返し、立ち退いたら殺すと責めてくるのです」

そう漏らした言葉から、この女性も本心では早くここから逃げ出したいのだと理解できた。

堀川さんは階下に降り、事情は理解できましたと伝えた。

今後、立ち退きに際しては、文化財課に連絡をして能面の鑑定をすることも含めて路線を決めないといけないかもしれない。それが誠意というものだろう。

「あれらは全て、生前の主人が急に思い立ったようにして集め始めたものでして、神棚もそのときに設えたものなのです」

女性は、あの面がことあるごとに立ち退きに反対してくるので、私にはどうにもできないのだ、と念を押すように繰り返した。

結局、何も話は進展しなかったが、女性が立ち退きを拒む理由は理解できた。

帰るときに、二階からの視線を感じた。振り返ると、能面がカーテンの隙間にずらっと並んで堀川さんのことを見ていた。


「聞いたか」

最後の訪問から一週間と経たないうちに、同僚から声を掛けられた。

「立ち退きに応じなかった家の人、自殺未遂で搬送されて意識不明らしい」

工事担当者の一人が偶然救急車で運ばれた場面を目撃したというのだ。

その後、女性は意識が戻らず、病院で寝たきりになってしまったとの話だった。

話ができなくなれば、交渉すら不可能だ。

「せめて私が死んでからというのは——」

その言葉を聞いてから、まだひと月ほどしか経っていない。

立ち退き交渉については、関東に住んでいる女性の兄が代行することになった。彼は今まで女性が立ち退きに同意しなかった経緯についても、二階の能面のコレクションについてもまるで知らなかった様子だった。

彼はすぐに立ち退きを了承し、解体は行政のほうで業者を選んで工事してほしいと伝えてきた。期日さえ切ってくれれば、必要なものはこちらで引き上げる。あとは行政の側で必要なようにしてほしい。そう伝えられた。

今までの苦労が嘘のようだった。確かに住んでいる場所が離れているので、事務的な対応も仕方がないだろう。

全ての立ち退きが完了したことで、道路拡張工事の日程が決まった。その当日に、地権者の代行をしていた人物が亡くなったとの連絡が入った。

まだ事務的な手続きは全て終わっていない。解体費用の請求などの話は、彼の息子、つまり女性の甥に当たる人物が引き継ぐとのことだった。

堀川さんは先行きに不安を感じた。このままだと、工事自体がただ事では済まないのではないか。既に関わった人が一人は意識不明で、一人は亡くなっている。

「私自身が殺されてしまうかもしれない」

女性の思いつめたような言葉が頭の中で繰り返された。

それでは、この工事を進めようとしている自分自身は大丈夫だろうか――。

堀川さんは、再度代わった地権者代行の男性に、二階の能面コレクションについて説明をした。しかし確認の結果、それらは全て破棄で良いとのことだった。必要なら寄贈するし、必要がないならばゴミとして燃やして良いという返事だった。


これ以降、工事関係者の間で、その家は〈能面の家〉と呼ばれることになる。

解体業者が工事をしようとしたところ、作業員は二階の能面が飾られている間に立ち入るのを怖がった。

曰く、能面がこちらを睨んでいる。

曰く、工事を始めようとすると変な声が聞こえる。

曰く、老人が思いつめた様子で部屋の中央に座っている。

作業員から、恐ろしくてカーテンを開けることすら躊躇われると泣きつかれ、現場監督は堀川さんに対して、何も手を施さないまま解体工事に入るのは士気に関わると困った顔を見せた。事実、能面を壁から外す作業をしていた作業員が、立て続けに不調を訴え、そのうち数名は予告なく現場を去っているという。

その現場監督の訴えに、神社から神主さんを呼んで、お祓いを実施することに決めた。作業員が怖がっているため、能面も全て引き取ってもらい、神社のほうで適切に処分してもらえるように算段も付けた。

当日は全作業員が参加して、安全祈願の祈祷を受けた。家自体のお祓いも済み、能面も全て神社に引き取られていった。

だが、これで一安心だろうと堀川さんが考えていると、現場監督が重機に巻き込まれて大怪我を負う事故が起きた。他にも様々な事故で、たびたび工事は中断された。

時を同じくして、能面を引き取った神社の神主さんも大きな病気に罹《かか》って入院したとの話だった。

〈能面の家〉の取り壊しは、工事の最終段階まで手が付けられないままだった。

工事を再開しようとすると、必ず様々な不具合が発生するので、何度もお祓いを繰り返すことになった。

堀川さんは道路拡張工事が終わるまで無事業務を勤め上げたが、今は退職している。

退職のきっかけは、能面の処分に関して了承した女性の甥に当たる人物が、工事の完成直前に自殺したとの一報だったという。

銀板写真

「あのさ、俺、もう怪談集めるの辞めたから。怪談とはもう関わらないし、俺が今まで集めた話も、全部小泉にやるよ」

ある日、小泉さんは友人の佐久間さんからそう告げられた。

佐久間さんは怪談仲間の中でも指折りの収集家で、特に現地まで行って取材する姿勢が高く評価されていた。

突然のことに小泉さんが理由を訊ねると、彼は口ごもりながら、「全部は話せないし、場所も言えないけど、それで良いなら」と前置きして、今までの経緯を打ち明けてくれた。


佐久間さんの大学の後輩に、山口さんという女性がいた。佐久間さんは彼女に、何か不思議な話はないかと訊ねた。すると彼女は少し思案して、祖母の話を教えてくれた。

その話によると、彼女の祖母は大変な写真嫌いで、還暦のお祝いだから、古希のお祝いだからと言っても、頑として写真を撮らせなかった。どれだけ徹底しているかというと、今後、遺影に使う写真がないと親族が困っているほどだという。

古い時代の迷信には、写真を撮られると魂を取られる、というものがある。山口さんが、それが理由なのかと祖母に訊いたことがあるが、そうではないのだと言われた。

それでは何故そんなに写真を撮られるのが厭なのかと訊ねると、祖母は山口さんのことをじっと見つめ、そして口を開いた。

「あのね、写真に変なものが写るんだよ」

祖母を写した写真には、必ず子供のような影が映り込む。それが怖くて写真に写らないようにしているのだと打ち明けてくれた。


こんな話でいいのかなぁと首をかしげる山口さんに、佐久間さんは詳しいことを教えてほしいと切り出した。何故子供のような影が映り込むのか、もし理由が分かるなら、そこを教えてほしいのだと伝えた。

「夏休みに実家に帰省するから、今すぐじゃなくてもいい？」

佐久間さんは彼女の回答を快諾した。

「もし帰ったら実際にお婆さんを隠し撮りして、本当に何か映り込むのか確かめてほしいのだけれど――」と、小声で依頼したが、それはやんわり断られた。

夏休み明けに、山口さんが「祖母から聞いてきた」と知らせてきた。

佐久間さんは何か飲み物でも奢るからと彼女を喫茶店に案内した。

「あのね、思った以上に変な話だった」

彼女は温かいカフェオレを前に、祖母が体験した話を教えてくれた。

＊　＊　＊

ちょうど戦争が終わってすぐ後の話になる。

山口さんの祖母はウメさんという。彼女は若い頃に地元の裕福な家で住み込み奉公をしていたことがある。その家は江戸時代より昔から続く庄屋の家系で、物資が乏しい戦中戦後でも余裕のある暮らしをしていた。

ある夜、彼女は当主から呼ばれて不思議な写真を見せられた。

それは額装された大判の白黒写真だった。写真の中央には、その家の当主が椅子に一人で座っているのが写っている。彼の周囲には大小様々の日本人形がびっしり写り込んでおり、さほど写真を見たことがないウメさんにも、あまり気持ちの良いものとは思えなかった。

更に、その写真の紙自体がやけに古く感じられた。何十年も前の写真のように変色してしまっている。そのことを伝えると、当主は写真の由来を語り始めた。

その写真は、先代の当主が撮らせたものだという。

明治十余年に古希のお祝いとして、彼の母親、つまり今の当主の祖母を、銀板写真機で撮影させたものだ。

もちろん最初は本人が写っていたのだが、時代を経るに従って、映り込む被写体が変わり、現時点では当主が写っているという。

そんな奇妙なことがあるのだろうか。

当主は判断に困っているウメさんの顔を覗き込んだ。

「俺が親父から聞いた話だと、本当はこの椅子の周囲には人形など置かれていなかったらしい。だから最初からおかしな写真なんだ」

何故この人はただの住み込みの奉公人にこんなことを話しているのだろう。

奥様とお子様達は今どこに行かれているのだろう。

普段とは違う当主の様子に、ウメさんはただならぬものを感じた。

写真は屋敷の洋間に写真師と呼ばれる専門家を呼んで撮影したものだという。

椅子の置かれている部屋は床が絨毯《じゅうたん》に覆われていたが、現像された写真では板張りの部屋に変わっている。

写真師も、この写真を渡すことにはだいぶ悩んだようだった。

「親父も、この写真を手元に置いておくかどうかを躊躇ったようだ。正直なことをいえば撮り直したかったらしい」

しかし再度撮影することを写真師が断ったことで、撮り直しはできないままになってしまった。

その撮影から一年もしないうちに、祖母が亡くなった。

その死には不審なものはなかったが、直後に銀板写真に異変が起きた。

写っていた祖母の姿が消えてしまったのだ。

写真の中の人物像が次第に薄くなり、ついには消えてしまった。椅子とその周囲をびっしりと取り巻く日本人形だけが残る写真に変化した。それも不思議なことに、椅子の背もたれが写真に現れている。何らかの方法で被写体だけを塗り潰したのであれば、その部分は真っ白や真っ黒になるはずだ。

どうしたものか。

先代はそのまま何も手を打つこともできず、写真を仏壇の前に伏せておいたという。

しばらくすると、写真の椅子に重なるようにして、先代の当主の従兄弟に当たる男性の姿が浮き出てきた。不思議な写真だと思っているうちに、大小の日本人形に囲まれた椅子に、男性が腰かけているという写真になってしまった

元々従兄弟のことを写した写真だと言われても不自然ではない。

その従兄弟は写真に姿が現れてから半年ほど経った頃に突然死した。仕事盛りで健康上も何も問題なさそうだったが、急に体調が崩れてそのまま帰らぬ人となった。

彼の葬儀が終わる頃には、写真から人物の姿が消えていた。

そこで、これは次に亡くなる人が現れる写真なのだと、親族の間で大騒ぎになった。

しばらく置いておくと、次は当主の弟が浮き出た。

写真に浮き出てから、弟は次の季節を待たずにこの世を去った。

三度繰り返されたことで、疑念は確信に変わった。

この写真に浮き出た人物は、間もなく死ぬ。

「ただ、親父は不思議に思ったらしい。被写体が変わってしまうのはもちろん不思議なことなのだが、一体この写真の背景はどこなのか。それが気になって、屋敷の中を探し始めた」

江戸時代からの家屋で、先代にも立ち入ったことのない部屋が幾つもあった。

そこで家の中をくまなく探していくと、床に不自然な形で板が打ち付けられている箇所を見つけた。

先代は、引退した古い奉公人に連絡を取り、その床下に座敷牢が作られていることを知ったという。

今は封じられているが、どうも祖父母の若い頃までは、その座敷牢は買ってきた子供を閉じ込めるために、現役で使われていたらしい。

＊　＊　＊

「――ええと、その家って、まだあるの？」

佐久間さんは、山口さんの話を遮って訊ねた。

もしまだその家が残っているのであれば、現地に行ってその家の様子を確認することもできるだろう。写真を撮ったり、聞き込みをすることもできる。

しかし、山口さんの答えは、残念なものだった。

「ええと、聞いてみたんですが、もうありません。後で詳しく言いますけど、その家はもう潰れちゃってて、その後で土地に一戸建てが建ったりとか、アパートが建ったりしたみたいですが、それももう潰れて更地になってるみたいですね」

それでも正確な場所さえ分かれば、座敷牢のあった場所に立つことができる。

佐久間さんは山口さんに話の腰を折って悪かったと謝り、話の続きを求めた。

＊　＊　＊

床を剥ぎ取り、明かりを手に急な階段を降りていくと、日本人形のぎっしりと詰まった部屋があった。一緒に入った奉公人が声を上げて逃げ出すほどの有り様だった。

その一件の後で、先代の当主は家に伝わる古文書を引っくり返し、座敷牢に関する記述を発見した。それによると、座敷牢は今でいう知的障碍《しょうがい》を持った子供を入れて閉じ込めておくために使われていたものだった。過去にはその子供の面倒を見る役の奉公人もいた。

最初は近隣の集落から子供を買い集めていたが、後には別の地域からも子供を買ってくるようになったらしい。日本人形は、その子を慰めるために置かれたものだったが、後に座敷牢に入れられた子供が亡くなるたびに、その子を象った人形を置くようになった。

そうやって子供を閉じ込める慣習は、明治に入った頃まで残っていた。

「この家を栄えさせるためにやっていたんだ。無垢なものは神様に近いっていうんでね。神降ろしの巫女のようなものだったんだろう。だが、もう十分な財を蓄えたというので、これ以上高く付く儀式を続ける必要はないと、地下への道を塞いでしまった訳だ」

当主の言葉にウメさんは戦慄した。

他人に口外できないような儀式。その末に人形と座敷牢だけが残った。自分の足元に巨大な空洞が開けられており、そこには閉じ込められた子供と同じ顔をした日本人形が、びっしり詰まってこちらを見ている。

当主の持つ写真に写し出された人形は、例外なくこちらを見つめている。写真というものは、レンズを通してこちらの世界を紙に焼き付けるものだ。小学校しか出ていないウメさんにもその程度の知識はある。だから、今も人形達は何かのレンズを通じて、こちらの世界をじっと見ている——。

黙り込んだままのウメさんをよそに、当主は話を続けた。

「親父は、この写真を捨てようかどうしようかと散々悩んで、処分したほうがいいと考えたんだ。しかし処分の仕方が分からない。だから近くの大きな神社に持っていって、お焚き上げしてもらえるかを訊ねたんだ」

地元の神社に写真を携えていき、神主に所見を求めた。

写真を一目見るなり、神主は大変まずいことになっていると表情を硬くした。

この写真には積年の恨みが詰まっている。これは滅多なことでは祓うことも敵わない類のものである。一度縁ができてしまった以上、写真を燃やしても意味はない。そして、祖母、従兄弟、弟の三人については、残念ながらもはや手遅れである――とのことだった。

絶望的な話だったが、死期を遅らせる方法が一つだけあると神主は言った。

まず写真は燃やさず、他人に見せないように、代々厳重に管理する。

一族の中で写真に姿が映った人物が出た場合、本人が神社を訪れて名前と血判を押す。

写真に写った人物が亡くなった場合、その者は墓に入れず、その遺体を火葬にして遺骨は神社で管理をする。

「親父も半信半疑だったが、神主の言によれば、これで余命を延ばすことができるのだそうだ。血判書にどれだけ溜まるか分からないが、時が来たら、写真に二度と人は写らなくなるだろう。それまでにどれだけ掛かるか分からない。気の長い話さ――」

その後、金庫を買い求め、写真はその中で保管するようになった。この家の当主は毎日その写真に異常がないかを確認し、写真に一族の誰かが現れた場合には、その人物を神社に連れていく。それが決めごとになった。

「親父から引き継いで、俺も毎日写真を確認してきた。その間に家族が全員亡くなって潰れた分家もある。そして今度は俺の番という訳だ。本当は儀式を止めてはいけなかったのかもしれない。ただ、座敷牢には親父がセメントを流し込んで埋めてしまった。人形ごとだ。だがそれでも人形は写真に写るんだよ」

興奮した当主は一気にまくし立てた。

「それで俺の番だ。おウメも分かっているだろう。この家は儀式を止めてから、ずっと没落しているのだ。かつての面影など欠片もない。今後どうなるかの見通しなど、全くない」

そこで彼は深く深くため息を吐いた。

「恥ずかしいところを見せた。下がっていい。他の皆も帰らせていい——」

突然の当主の言葉に、ウメさんは戸惑った。しかし、言いつけられたことは絶対だ。

自分の姿が浮き出た写真を食い入るように見つめる当主を残し、彼女は他の奉公人や下働きに当主の言葉を伝えに走った。

屋敷で働いていたのは当時五人だった。ウメさんから当主の様子がおかしいと聞いた彼らは、翌日早くに屋敷を訪れることにしようと約束した。

しかし、翌日、門は開いており、一目でただ事ではない状態と判断できた。

皆は声を掛けて敷地に入った。屋敷の引き戸には鍵が掛かっていなかった。

中はしんとしている。

「旦那様、奥様、入りますよ。仕事に参りましたよ」

ただならぬ様子に、恐々と声を掛けるが、屋敷の中からは返事がない。仕方がないので上がりこみ、様子を確認する。

誰もいない。それどころか押し入れや棚、箪笥《たんす》も引っくり返した痕跡が残っている。

押し込み強盗でも入ったか。

奉公人の一人に駐在さんを呼びに走らせた。

ただ見る限りだと、高価な反物を始めとして換金できそうなものだけが失くなっている。

物盗りでなければ夜逃げの線もあろうか。

もし夜逃げであったとしたら、雇い主が失踪ということだ。今後の生活をどうするか。

動揺が走った。どうしていいか分からない。

誰かに知らせなくては。事情を知っている人を探さなくては。

奉公人達は、主のいなくなった理由を探し求めて集落へと散った。

ウメさんは駐在さんが来るまでの間に、昨晩写真を見せられた部屋を確認した。

当主の座布団の前には、写真の入っていた額だけが残されていた。

中身の写真はどこにもなかった。

その後、おっとり刀でやってきた駐在さんによって、屋敷は一通り捜索されたが、家族の足取りは杳《よう》として掴めなかった。

結局のところ、夜逃げということで片が付いたという。

＊　　＊　　＊

祖母の体験をたどる山口さんの話は、既に一時間に及ぼうとしていた。最初に頼んだカフェオレはもう冷め切って、上にミルクの膜が張っている。

「これが経緯だそうです」

「ちょっと一つだけ確認させてもらって良いかな。神社によると、写真は他人に見せてはいけないって話じゃなかったっけ」

「そうなんです。そして、うちのおばあちゃんだけじゃなくて、そのとき勤めていた全員が、揃いも揃って写真に写るのが大嫌いなのだそうです」

それを聞いて、佐久間さんは考え込んでしまった。

「おばあちゃんは、こういうことがあって、写真を見てしまったからかもしれないし、旦那様から話を聞いたからかもしれないけど、自分が写真に写ると、知らない子供が自分の服の裾を引っ張っているような感じに写るんだそうです。その子供の顔の部分はボケてしまって分からないみたいですけど」

「——凄い。凄い話をありがとう」

佐久間さんはお礼の言葉を告げるのが精一杯だった。

黙ったまま考え込む彼を一瞥して、山口さんは話を続けた。

「それでですね。そのお屋敷のあった場所なんですけど、おばあちゃんに聞いたら、お屋敷自体は、旦那さんの家には銀行に借金があったみたいで、銀行が抵当に取ったって話してました。その後で、どこかの金持ちさんが入ってきたけど、何年もしないうちに出ていったって話らしいです」

どうやら出ていった理由は、その家の末の子供がおかしくなってしまって、最後には亡くなったとのことだった。

更に、住宅地として周辺の開発が進み、その土地には戸建て住宅が三軒建った。しかし、その家を買った人達も、十年と経たずに出ていった。

どの家でも、子供が亡くなったことが原因だったらしい。

「おばあちゃんは、外から来た人のことなんて分からないけど、正直あの屋敷の上に人が住んだって長続きしないのは当たり前だって」

それはそうだろう。事情を知っている人にとっては当たり前のことだ。

地下にはセメント漬けとはいえ、何世代にも亘って一族全員を祟り殺すだけの恨みに満ちた座敷牢がそのまま残されているのだ。

その後、戸建ても全て更地となり、次はアパートが建てられた。これも十年しないうちに誰も住まなくなった。

そしてまた更地になり、土地も売りに出され――。

「これ、見てください」

山口さんはカバンから大判のタブレットコンピュータを取り出した。地図アプリを起動し、Y県の住所を入力した。

衛星写真モードに切り替え画面をどんどんズームしていく。

「ここです」

山口さんが画面を指差した先には、ぽっかりと空き地が広がっている。いや、空き地に見えるが、敷地の端にプレハブが建っている。

「ここがそのお屋敷のあった場所ってことだよね」

「はい。入り口には鎖が張られていますけど、もう何年も誰も使っていないみたいです」


山口さんと別れた後で、佐久間さんは旅行の計画を練り始めた。

現地に行くまでに、色々と整理しておきたいこともあった。

まずは国土地理院のウェブサービスで過去の航空写真と付き合わせて、体験者である山口さんの祖母が述べた話の裏を取る。

更に周辺の地誌を簡潔に調査する。これは自治体名をキーワードに検索することで大まかに知ることができる。必要であれば今後郷土史を探らねばならない。

また法務局の有料ウェブサービスで、不動産登記情報を検索する。全部事項証明書を入手できれば、今の土地の所有権者と、過去の所有者情報を確認できる。

他にも当時の当主が相談に行ったという神社の候補をピックアップする。もちろん、そのような写真について知っているか訊ねるためだ。

現地に行って、できるだけスムーズに取材ができるように質問事項を書き出しておく必要もある。

本心では山口さんを頼って、直接彼女の祖母に聞き取りができればありがたいが、さすがに今回は遠慮することにした。これほどの大ネタには、じっくりと取り組みたい。まずは下調べをして一度取材に出かけよう。今後脈がありそうならば、そのときには当時屋敷にいた別の人を紹介してもらうことも考えればいい。

山口さんの住所から、国土地理院で公開されている近隣の航空写真を遡っていく。現在の航空写真と比較し、二十年以上以前からプレハブが存在していることを確認できた。その前は空き地。更にその前はアパート。戸建てが三軒。そして昭和三十年代よりも以前の地図には、どれも屋敷が書き込まれているのを確認できた。ウメさんの体験談そのままだ。

地図の中には苗字が記されているものがあった。地誌を探るための手掛かりが入手できたと思ったが、ネットだけでは成果は殆どなかった。これは現地の図書館を頼る必要がありそうだ。

不動産登記は大阪の会社の名義になっている。それ以前は幾つもの不動産業者と銀行が持ち主だった。これ以上遡るには現地の法務局で閉鎖登記簿謄本を入手する必要がありそうだった。

しかし気になっているのはすぐに手に入るような情報ではない。何故夜逃げした当主は夜逃げの当日にもなって、一介の奉公人に写真のことを告げなければいけなかったのか。ウメさんだけではない。状況からすると奉公人は皆一様に写真を見せられているようだ。よく分からない。だがこれも現地に行けば、真実に行き会えるかもしれない。


佐久間さんは十一月の大学祭の期間を利用して現地を訪問した。山口さんとも何度か打ち合わせをしたが、彼女はサークルが忙しくて帰省できないとのことだった。

新幹線と鈍行を使った半日掛かりの旅行の末、彼は現地に到着した。

都市部の郊外でも見るような安普請のアパートがぽつぽつと建っている。伝統的な農村の所々が切り売りされているようだった。

その中を山口さんに聞いた道順に従って目的地へと歩いていく。

運送屋のガレージを抜けると、ぽっかりと開けた空き地に出た。

ここが屋敷跡か。

感慨深い。確かに敷地は赤く錆びた鉄鎖一本で道路と区切られている。子供でも跨げば立ち入ることができる。

奥にはプレハブ小屋が建てられている。元々は白かったであろう外壁は、今は変色してベージュになっている。遠目でも小屋の窓に付けられているブラインドが、一部外れて垂れ下がっているのが分かる。

山口さんの記憶では、一度もこの空き地にトラックや作業員がいたことはないという。関係者以外立ち入り禁止のまま、何年も時が止まっているような場所。

佐久間さんはデジカメを構えて空き地の写真を撮った。何の変哲もない場所のつまらない写真だが、経緯を知っていれば重要な資料写真だ。

彼は長年の経験から、こういう場所で撮影された写真は消えてしまうことが多いことを知っている。バックアップのために、新品のデータカードを抜け目なく用意してきた。デジカメからカードを引き抜き、新しいカードと差し替えて、更に何枚か撮った。

「その現場の写真が消えちまったんだ」

佐久間さんは小泉さんに語った。

注意深く二重化したデータカードの両方に写真が一枚も残っていないのだという。

「それが本当に怪談を辞める理由なんですか？」

そうだと頷いたが、佐久間さんは目を逸らした。あまりにも不自然な態度に思えた。

「自分で無意識に消したんじゃないですか？」

そう訊ねると、佐久間さんは口ごもった。

「消さなきゃダメだと思わされたのか……本能的な感覚で消しちまったのかもなぁ」

何やら曖昧な言葉を残し、佐久間さんは席を立った。


小泉さんは納得がいかなかった。

今まで仲間内でもあれだけ情熱を傾けていた男が、たかだか写真が消えただけで怪談から離れる訳がない。心霊スポットで写真が消えた経験なら小泉さんにもある。

一週間ほどして、彼は再び佐久間さんと会う約束をした。

「正直なところを教えてください。この間の理由は方便ですよね」

佐久間さんは答えない。

「あと、セメントっていうのがキーワードですよね。明治時代にセメントを一部屋全部埋めるほど使える場所って、実は限られているんじゃないですか」

佐久間さんは心底困った顔をした。

「あのさ、もうそれ以上は追求しないほうがいい。俺のほうであの現場と縁ができちゃったんだよ。だからさ、お前とか他の奴らをこれ以上巻き込みたくないんだ」

佐久間さんは観念したように打ち明けた。

「今から理由を教えるけれど、お前が調べるのはいいけど、絶対に現地には行くなよ。お前はリベンジとか称して行きそうだから、本当なら話さないつもりだったんだ」

視線を外してため息をついた。

「俺には今、ウメさんの気持ちが痛いほど分かるって言ったら、少しは察しが付くか？」

山口さんのおばあさんの気持ち——自分の写った写真を撮られたくないということか。

「この間は言わなかったけどさ、俺、スマホでも写真を撮ってたんだ。そうすればクラウドに写真が上がるだろ。メディアより信頼できるからさ。でもさ、その写真の中に子供が写ってたんだよ。それからこっち、俺の自画撮り写真の裾を子供が引っ張ってるんだ」

彼は小泉さんに繰り返した。

「ウメさんの対応は無理もないよ。俺はもうカメラも売るつもりだし、できる限り写真には写らないようにするつもりだ。山口さんにも警告した。強力な祟りに準備もせずにこっちから近づくのは本当に止めたほうがいい」

いいか。警告はしたぞ。絶対行くなよ。あと俺の怪談は、約束通り全部お前にやる。

そう念押して席を立った佐久間さんの背中に、どう声を掛けていいか分からなかった。

一人残された小泉さんの背中には、いつまでも嫌な寒気が張り付いて消えなかった。

あとがき

十年目の怪談紹介屋

また今年も陰惨たる話の数々をお届けいたしました。神沼三平太です。

皆様がここまで無事完読していただけたことを嬉しく思います。怪異が原因となって、死ぬ、終わる、消える。この三択しかない不快で不幸で不穏な本に、お付き合いいただけたことに感謝します。

今回の本は〈実話怪談 寒気草〉です。この寒い冬の最中に、さらに寒気を上積みしていこうという試みの本です。皆様の背筋に寒気が訪れておりましたら、著者としてこれ以上の喜びはありません。

本書は〈実話怪談 怖気草《おぞけぐさ》〉から一年の間に聞き集めた話を中心に構成しました。いわば年間数百話を取材した上での上澄み（または底に溜まった泥）を集めた本です。読む人によっては俄に信じ難い話が多く含まれているかもしれません。しかし全ての話が、取材を通じて蒐集された体験談です。この本で紹介した怪異は、（体験者の主観では）実際に起きたことばかりです。それがこの本をはじめとした実話怪談のルールです。

実は執筆開始当初は、本書でも二十五話を収録しようと考えていたのですが、今年は集まってきた話に長尺のものが多く、結果として二十三話収録となりました。あとは人柱の関わる話が多くなりました。この辺りは過去にも何度か書きましたが、書き終えて振り返って初めて分かるものです。執筆を終えた現在、今年の本はそういう本だったのだなと、感慨深く思っています。

小生が二〇一〇年に〈恐怖箱 鬼灯《ほおずき》〉（ささきやすなり名義）に参加し、実話怪談を商業出版ベースで発表するようになって今年で十年目です。発表した話数は正確にはカウントしていませんが、そろそろ七～八百話ほどになっているのではないでしょうか（もっと多いかも?）。その間に竹書房からは単著を七冊、共著を八冊出版させていただき、また毎年のアンソロジーに参加する機会もいただきました。怪異体験蒐集家として、このように皆さんから聞き集めた「体験者の実在する怪談」を紹介する機会を持てたことは本当に幸いなことです。

そしてこの十年の間に、怪談界隈は大きな盛り上がりを見せ、週末ごとに怪談イベントが開催されるようになってきました。怪談を語る人の数も増えました。ライブやイベントやネットでも、不思議な体験、面白い体験、怖い体験、色々な話を聞く機会が多くなりました。今年もエンターテインメントの一角として、怪談の存在感が、ますます大きくなるように思います（そして一怪談ファンとして、それを嬉しく思います）。小生も怪談会の主催を続けるとともに、全国の怪談イベントなどに参加することで、この流れをさらに盛り上げたいと考えています。

今年の夏にも、本書とは別のテイストの〈恐怖箱 百物語シリーズ〉にも参加する予定ですので、こちらもお楽しみに。今年も不思議な話、変な話、ちょっと笑える話、妖怪のようなものに出会った話など、バラエティ豊かにお送りする予定です。

しかし、一方で実話怪談は、面白がって済むだけのものではないことも確かです。

フィクションであれば、ただ楽しめばよいのですが、実話怪談では、実際に体験をした人の体験談をベースとしています。特に、小生の場合は怪異を見たり感じたりということができませんので、他者の体験を取材した上で物語化するという手法を採ります。

取材した体験の中には、特に大きな不幸を扱ったものが含まれます。本書に掲載された話のように、身内の死や知人友人の失踪、大きな怪我や病気といったものを伴って体験された怪異。怪談とは、そもそも他人の不幸、それも場合によっては人生を狂わせるような大きな不幸、他人の苦しみや悲嘆の上で成立するエンターテインメントだということは、常に肝に命じておかねばなりません。物語化することで鎮魂になる。それも一側面ですが、どこまでいっても後ろめたさのつきまとうのが実話怪談なのだと、そう理解すべきでしょう。そしてこれは著者や語り手に限ったことではありません。実話怪談は、読者や視聴者に対しても共犯関係を迫ります。読者もまた実話怪談を楽しむことを通じて、他人の不幸を消費しているのです。小生もあなたも共犯者。そこを取り繕うのはやめましょうよ。ね。

それでは最後に例年通りではありますが、感謝の言葉を。
まずは何より体験談を預けて下さった体験者の皆様。取材に協力して下さった皆様。くじけそうなときに励ましてくれる怪談愛好家の仲間達。生温かく見守ってくれる家族。そして本書をお手に取っていただいた読者の方々に最大級の感謝を。

今回も容赦ありません。皆様くれぐれも御自愛下さい。それではお互い無事でしたら、またどこかで。

二〇一九年立春　神沼三平太

実話怪談 寒気草

2019年3月7日　初版第1刷発行

著　神沼三平太

装丁　橋元浩明（sowhat.Inc）
発行人　後藤明信
発行所　株式会社　竹書房
〒102-0072　東京都千代田区飯田橋2-7-3
電話03-3264-1576（代表）
電話03-3234-6208（編集）
http://www.takeshobo.co.jp
印刷所　中央精版印刷株式会社

定価はカバーに表示しています。
落丁・乱丁本は当社までお問い合わせ下さい。

ISBN978-4-8019-1785-9 C0193